作者 凱佳

繪者 哈尼正太郎

朱雀文化

序

我有一個夢想，那就是成為一名作家。

因此，兩年來我不斷地朝夢想努力、前進，終於踏上實現夢想的第一步。

這是我的第一本書，但不是我所創作的第一個故事。而這本書，可以給普通的人看，不普通的人也可以看。

我相信鬼魂與因果循環，雖然沒有精通所有的佛教經文，但卻是一個不折不扣的佛教徒，而且五戒中沒有犯超過兩個（不過當我在廟裡短暫修行且必須要守八戒時，就另當別論了。）

我想要讓社會變得更好，因此在書中加入了佛教的理念，雖然這不是寫這本書的主要理由，但希望大家在做壞事前能多想想。

如果沒有許多人的幫忙，這本書是沒有辦法完成的，包括一直以來支持我的母親、老師、朋友，以及在Dek-D（www.dek-d.com）上的作家和讀者。有了他們的叮囑、支持、鼓勵及一些壓力，我才能迅速地把這個故事完成。

之所以會寫這個故事，是因為聽過其他人親身經歷過的故事和一些傳說，我把這些合併起來，變成一個完整的故事，但其中「一百個鬼魂」的遊戲，則是我自己創造出來的。

書中的故事有些是真的，有些則是來自於我的想像。看過這本書之後，不相信也沒關係，但也不要貶損才是。

這都只是個人的信念，是真是假就請讀者們自行判斷囉！

凱佳（Kajao，希麗察的朋友）

目錄

故事1

遊戲～一百個鬼魂

坤庫老師說：「小時候我也玩過這個流行的遊戲，但是大部分的人都不敢玩這個恐怖的遊戲。」

我轉頭看著老師，他的臉上有著如同小孩般的微笑，這個時候老師也注意到我，我們相視而笑。

我（小珠）和其他三個朋友——小露、小川和小娜，正坐在老師休息室裡。我們來這裡不是為了課業，而是我們找到了某樣令人害怕的東西……

老師問：「你們找到的那張紙在哪裡？」

小娜舉起那張紙：「在這裡！」她把那張從學校筆記本撕下的紙拿給老師。紙上有著令人感到納悶不解的黑色汙點。

老師從小娜手中接過那張紙，先前如同小孩般的微笑驟然消失。

小露：「那張紙寫說可以找到鬼魂，而學校的學生也流傳著確實有這樣的遊戲存在。」

「那這個遊戲就是老師之前說的那個一百個鬼魂的遊戲嗎？」小露疑惑地問。

老師沉默不語，沒有回答。

「我們知道老師對這件事情很有研究，請跟我們說發生了什麼事，為什麼大部分的人都不敢玩這個遊戲？」我也疑惑地問。

老師嚴肅地注視著我，用極為冷淡的聲音說：「小珠，玩這個遊戲是很危險的事情，需要具備許多複雜的條件，不夠勇敢的人是不能玩的。因為玩這個遊戲，妳沒有輸的本錢。」

「這到底是怎麼樣的遊戲呢？」小娜急著發問。

「妳要用生命和請來的鬼魂打賭，賭輸了將會喪命。」老師回答。

「可以說清楚一點嗎？」小露拜託老師。

「請老師不用顧慮，我們不敢玩這個遊戲了，只是想知道為什麼老師之前玩過這個遊戲，結果是好的嗎？」小露接著說。

坤庫老師嘆了一口氣：「妳們啊！我是可以說這個故事給妳們聽，不過妳們要答應我，絕對不可以玩這個遊戲。」

「我們答應老師不玩。」四個人一起回答。不過，只有小川看起來沒有什麼信心，因為她知道我們並不是真的不玩。

當我們知道，學校開始流傳有六個學生因為這張有著黑色汙點的紙而離奇死亡時，我們就決定要找到玩這個遊戲的方法。

其實，其他學生也想玩這個遊戲，但是他們不曉得該如何進行。還好我們認識坤庫老師，他對這樣的事情相當在行。

「嗯……」老師準備開始說了，我們四個人全都屏息以待，大家都想要記錄下玩這個遊戲的方法。

「玩遊戲的人必須和鬼魂建立特別的關係，並利用錢幣請到不得善終的鬼魂來玩這個遊戲。開始玩遊戲前，為了讓鬼魂同意一起玩，要先問十二個問題，不管是什麼問題都可以，可是千萬不要讓錢幣移動到『九號』這個位置。問完十二個問題之後，必須有人說：『找到鬼魂！』然後鬼魂就會讓錢幣移動到『九號』這個位置兩次。喂！妳們看起來會不會太認真了。」老師說。

大家都嚇了一跳，小露放開因為緊張而緊握的雙手，同時小娜擦了擦額頭上的汗珠。

「然後呢？」

「然後分別輪流說：『普、托、塔、雅』三輪。最後說的人，一定要把錢幣翻面才能讓鬼魂出現，這時遊戲才算是真的開始。」

「聽起來很簡單，那為什麼老師說不夠勇敢的人不能玩這個遊戲呢？」小娜問。

「主要是因為玩這個遊戲有三個危險的時機點。第一，如果一開始在問十二個問題時，不小心讓錢幣移動到九號這個位置，遊戲就會失敗；第二，說出『找到鬼魂』之後，如果錢幣沒有移動到九號這個位置兩次，遊戲也會失敗；第三，最後把錢幣翻面的人，一定要使用同一隻手指完成這個動作，而且不可以讓錢幣跑出九號這個格子，否則遊戲也會失敗。一旦失敗，就會發生不可預期的恐怖事情。」老師回答。

我們三個人點頭表示了解，除了小川緊緊抓著我的衣服……

「為什麼都是和九號有關呢？還有，這個遊戲不是叫做一百個鬼魂嗎？為什麼那個被請來的鬼魂會回答『九十九』？」小露問。

「因為開始玩這個遊戲時，已經遇到第一個鬼魂了。」老師露出詭異的笑容。

大家恍然大悟。

「在這個遊戲中，遇到第一個鬼魂之後，一定還要見到九十九個鬼魂。每當中斷遊戲，之後想繼續玩時，一定要請上次的鬼魂確認可以繼續開始遊戲。不過，必須要使用同一個錢幣與錢幣面才行，要不然就無法請上它回來。當見到最後一個鬼魂，想要結束遊戲時，必須說：『我們成功了』，此時這個鬼魂就會移動錢幣到『是』這個格子，這也表示玩遊戲的人已經見到九十九個鬼魂了。最後，把錢幣翻面並說：『普、托、塔、雅』，遊戲就算完成了。」老師說明。

「幾天內要完成這個遊戲？另外，還有其他限制嗎？」我問。

我感覺到全身的雞皮疙瘩越來越明顯。

「有！不論如何，請來的鬼魂一定要是不得善終的，也一定要在二十一天之內完成這個遊戲。」

「真的嗎？」小娜大叫一聲。

「只有二十一天嗎？那一天平均要見五個鬼魂才行。」我喃喃自語。

此時我們已經知道玩這個遊戲的方法了，於是我們急忙地想和老師說再見。

「謝謝老師！」小露臉上硬擠出笑容和老師道別。

老師用懷疑的眼神看著我們。

「嗯……小露是嗎？」老師叫。

「什麼？」小露轉頭看著老師。

「不要呼吸！」老師說。

我們都看著老師，小川問：「老師是指？」

「如果發生了什麼可怕的事，不要呼吸。」老師說。

我和小娜看著彼此，大家都不了解這句話的意思。

尋找鬼魂

我們回到社科院前的椅子坐著。為了玩這個遊戲，大家花了許多時間準備畫上表格的紙板。同時，我們也尋找合適的地方來進行這個可怕的遊戲。

「在學校玩怎麼樣？很多人說我們學校是建在墳墓上面，應該可以找到很多鬼魂來玩這個遊戲。」小露建議。

「對啊！學校晚上滿可怕的。」我說。

「老師有沒有告訴我們，什麼時候不可以玩這個遊戲？」小娜問。

「老師沒有說，不過我覺得什麼時候都可以玩，只要最後請得到鬼魂就可以了。」我回答。「那要用哪種面額的錢幣來玩呢？」

「可以用五塊，大小適中，而且比較容易翻面。」小露說。

「小川妳怎麼了？」我轉頭看著她。

「我嗎？我沒有怎麼樣，只是老師警告我們不要呼吸的時候，我覺得怪怪的。」小川回答。

「對！對！我也覺得怪怪的。」小露轉頭看著小川。

「我們之間是不是沒有人學過游泳？」小川突然問。

「學校裡哪裡有游泳池可以學，拜託！」我說。「既然已經準備好紙板了，今天晚上就來玩『一百個鬼魂』的遊戲吧！」

我把畫上表格的紙板收進包包裡。用來畫表格的紅筆是小娜的，而玩遊戲會用到的錢幣則是由小露提供。此時，小娜把紅筆折斷，隨手一丟，這個舉動看起來似乎是某種不幸的徵兆。

「唉呦！」小娜叫了一聲。她舉起手，發現她的手被折斷的筆所刺傷，流下的鮮血和紅色的墨水混在一起。

「死了！」小露大叫。這時大家幫忙擦拭小娜的手，以及滴到紙板上的鮮血與紅墨水。

當大家正急忙地幫忙善後時，我感覺到有股寒意鑽進體內，看來我們已經要開始挑戰某種可怕、未知的事物了。我轉頭看著老師休息室的窗戶，似乎有人正虎視眈眈地看著我們。

這可能是要玩這個恐怖遊戲的開端吧！我們必須要用生命做為賭注。

我們約好晚上六點在學校見面，此時剛好是同學們放學回家的時間。我穿過人群進到學校，並換上休閒的衣服，準備好玩遊戲需要的東西。

當然不包括佛牌[1]與白色的護身手環。

原本我們約在社科院前集合，為了不被發現，又移動到女廁後面。這裡有一整排的洗手台，還可以看到學校圍牆外通往百貨公司的小路。另外，在洗手台的對面，還有一些小小的露天看台。此時，我看到一個學生的黑色包包被遺留在露天看台上。

「我去看看警衛是不是下班了，妳們先找可以玩遊戲的地方。」我告訴大家。

小川牽著我的手，露出害怕驚恐的表情。

「妳怎麼了？不要告訴我妳想臨陣脫逃。」小娜對小川說。

「如果發生了什麼事呢？如果我們失敗了呢？如果我們沒有辦法看到九十九個鬼魂呢？我們會怎麼樣？」小川害怕地問。

「小川，只要我們遵守遊戲規則，不會發生什麼事的。」我放開小川的手，笑笑地說。

安慰完小川，我便去確認警衛是不是下班了。為了怕被發現，我用柱子當做掩護，慢慢往四號大樓前進。到達四號大樓時，可以清楚看到行政大樓與學校的大門。這時候老師們大多已經回家了，休息室的燈也關得差不多了。

就在此時，「鏗」一聲，我聽到大門的鐵門關起來的聲音。不知道會不會有老師留在學校值班，不過老師們的停車場中已經沒有車停在那了。這時，我看到警衛鎖上門就離開了。

接著，我從四號大樓走到訓導處旁的花園，發現訓導處的燈已經全都關了；行政大樓裡看起來沒有半個人；警衛室也空無一人。我鬆了一口氣，轉過頭去，映入眼簾的是學校裡的大佛像。

我雙手合十向佛像拜了拜，希望所有事情都可以順利。

當我回到廁所後面時，她們已經在等我了。大家看起來坐立難安，一方面是對要玩這個遊戲感到興奮；另一方面則是對未知的恐懼而感到緊張。不過我想玩，小娜、小露也是，除了小川以外。

「到泰國傳統音樂教室前的涼亭玩好不好？聽說那裡有很多靈魂。」小露建議。我

註釋

1. 類似台灣的平安符，分為保平安、避凶、增加財運等類型。

們用靈魂來代替鬼魂，是因為聽起來比較不可怕，不過也沒有辦法消除我們內心真正的恐懼。

我們決定穿越足球場到那座涼亭。平常會有很多人在涼亭休息，等著踢足球，也有人會把課本放在涼亭的屋頂上。

到了涼亭後，我們打開紙板，小露拿出一枚五塊，此時小川沉默不語。我們兩兩一組坐在紙板兩側，我和小川坐在一起，小露則和小娜坐在一起。接著，小露把錢幣放到紙板中間。

我們興奮地看著彼此，接著深深地呼了一口氣。

由我先開始，接著是小露、小娜和小川，四個人輪流說「普」、「托」、「塔」、「雅」這四個字三輪。當我們說完的時候，有微微的風吹了過來，彷彿是要告訴我們還沒有什麼事情發生。

但是，我感覺到這枚錢幣是有生命力的。它，開始移動了……

「小珠……」小川輕聲地叫我。

「先等一下。」我輕聲回答。

「小珠……」小川仍繼續叫我。

「有什麼東西進來了嗎？」小露問。

沒有人回答，但放在紙板上的錢幣開始慢慢移動，此時小川抓著我的衣角。錢幣仍舊照著它的節奏慢慢移動中，但對我們來說，它移動得太快了，大概是因為我們都還沒有準備好。我們不敢讓手指離開錢幣，因為我們知道玩這個遊戲的規則，「如果誰的手指離開了錢幣，鬼魂就會進入那個人的體內。」

正因為這個規則，我們都滿頭大汗。但我不敢用另一隻手擦臉上的汗水，害怕手指會不小心離開錢幣。不能太過用力壓住錢幣，但也不能讓手指離開它，要持續保持這樣的狀態是很困難的事。就在此時，我感覺到一股來自黑暗的氣息正慢慢籠罩我們，同時錢幣也慢慢地移動到紙的另一邊，最後停在「是」這個字上。

「小珠我好怕。」小川顫抖著冰冷的身子對我說，同時她也因為害怕而緊靠著我的身體。另一邊，小露和小娜則是緊盯著那塊紙板。

「你是誰？」我害怕地問，此時我的聲音因為害怕而顫抖，手指也因為恐懼而抖動，差點就不小心離開了錢幣，而我的背脊更因為未知的事物而發冷。我們四個人都感覺到被未知的東西所包圍，而它們似乎正注視著我們。

錢幣保持不動，不過沒有人敢把手指移開。如果想要移開手指，就必須先請鬼魂離開。

倘若還沒請鬼魂離開就移開手指，那麼不可預期的恐怖後果就會降臨在我們身上。

「你叫什麼名字？」小娜問。此時我抬頭看著小娜，突然發現一個黑色的影子覆蓋住小娜的眼睛。

我嚇了一大跳，手指幾乎要離開錢幣了。

「什麼東西？發生了什麼事？」小露問。

「沒……沒有。」我回答。我的雙手都是汗水，手指更用力按著錢幣。後來我察覺到自己太用力了，便慢慢放鬆手指。

「冷靜小珠。」我低聲對自己說。

後來錢幣又開始移動，但是這次是很快速地移動，快到像是有人操控一樣，幾乎是原來的四倍快，快到我怕有人的手指會離開錢幣。不過，幸好我們都把手指緊緊地壓在錢幣上，沒有人的手指離開。當下，我們四個人都緊握著其他四隻手指，集中精神注意錢幣在哪些字上停留。

「希麗察」——它的名字。

「還好我沒有忘記寫上『察』[2]。」小露說。她看起來很輕鬆，但我覺得她是因為太害怕而故作鎮靜，不讓恐懼主宰她的行為。她嘗試要開玩笑，但是沒有人回應她，因為錢幣仍舊還在移動。

「它應該不會跟我們說它的姓氏吧[3]。」小娜說。

「不知道。」我回答。這樣的對談會讓我們比較放鬆，不過也會讓我們變得分心。這時小川一語不發，專心地把手指放在錢幣上。

錢幣移動到了數字區，停在「十四」這個格子。

我們四個人看著彼此。

「你十四歲嗎？」小露顫抖著聲音問。

「我們一定要真的看到它，才算見到第一個鬼魂嗎？如果我們認識它，會發生什麼事情呢？」我害怕地問大家。

錢幣動得很快，我們嘗試要問下一個問題，希望這個問題不會讓錢幣停留在「九」這個格子。

「你怎麼死的？」我問。

註釋

2.「察」在泰文中很少用，所以小露才說還好她有加上這個字。

3.泰國人的姓氏通常很長，因此小娜才會說這句話。

「自殺。」它用錢幣回答。

「為什麼要自殺？」

「不！」

我感覺到錢幣裡有怨氣正傳向我們，而且是很深很重的怨念。

「你在這裡讀書嗎？」

「是。」

「你什麼時候死的呢？」

問完這個問題後，我們四個人都覺得快不能呼吸了。這時小露一直看著我，緊張到無法言語，我們都害怕錢幣最後會停留在「九」這個格子。

「十四。」

「是十四年前嗎？」

「是。」

「那你一定會有這裡的朋友吧？」

錢幣突然停了下來，我們的呼吸幾乎也快停了。

停了約十分鐘後，小娜決定換問其他問題。這些問題和數字沒什麼關係，只要請它回答是或不是。這樣應該可以讓它比較快回答。

問完第十二個問題後，我看著每個人的臉。遊戲開始前，我們沒有說好誰要說最後一句話「找到鬼魂」，而且看起來也沒有人想講這句話，都想避免和這個鬼魂扯上關係，因此整個局面僵持不下。

最後，小娜受不了這樣的感覺，大聲說：「找到鬼魂！」

第一個鬼魂

在小娜說完「找到鬼魂」之後，錢幣停留在「是」這個格子，然後慢慢移動到紙板上的數字區，而在移動到第一個數字之前，錢幣就突然停了下來。

此時，我按住錢幣的手指開始發冷，其他手指也有相同的感覺。我們都察覺到周圍出現了一些未知的能量，它們似乎準備要開始吞噬我們。

坐在我旁邊的小川渾身顫抖，由於恐懼而開始小聲地自言自語。我伸出另一隻手抓住小川的手，我們倆雙手緊握。

接著錢幣開始移動，不曉得是某種未知的能量，或是我們試著聯絡的鬼魂讓它移動。我只感覺到有「人」來跟我們坐在一起，和我們一起玩這個遊戲。

我嘗試要把注意力放在錢幣上。這時天氣開始變冷變黑，周圍陰森的感覺讓人不寒而慄。由於只有微弱的月光，沒辦法看清楚紙板上的字，只有一些字依稀可見。這時我的眼珠開始轉來轉去，有了一些可怕的念頭。

我想到它正把它的手指放在錢幣上，是希麗察嗎？但是它把手指放在錢幣的哪呢？會不會是放在錢幣中間？如果是放在中間，那意思就是它在……

「不要到處亂看，專心看著錢幣。」我低聲對自己說。「不要說話，不要有任何感覺，不要想任何事情。」

錢幣移動到九號這個格子。

我們屏住呼吸。

錢幣移動出去。

接著，錢幣又再次移動到九號這個格子。

我們四個人輪流說「普、托、塔、雅」三輪，想要結束這個遊戲。但是，說這個咒語的最後一個人是小川，那表示小川必須要將錢幣翻面。

「我嗎？其他人不可以嗎？」小川看起來不太有信心。

「一定要妳翻才可以，快點小川，我們才可以快點離開這裡。加油！我在妳旁邊。」我對著小川說。

小川點了點頭，眼淚幾乎要掉下來了。為了讓小川把錢幣翻面，我們的手指開始慢慢離開錢幣。

突然間，周遭吹起了一陣陰風，不斷從我耳邊吹過。我感覺到四周未知的東西越來越多，也感覺到它們充滿了恨意、憤怒與些許憂鬱，但是也帶有一些興奮與有趣的感覺。

一陣冷風突然朝我的臉吹來，雖然吹得我幾乎張不開眼睛，但我仍努力地看著錢幣。

「不要！不要想到它！不要想希麗察在哪邊！」我對自己說。

它可能正在我們旁邊。

這時小川慢慢把錢幣翻面，同時我們看到了原本被壓在錢幣下方的九號數字。另外，似乎只有我看到在錢幣陰影下有莫名的水漬，不過在錢幣被翻面之後，也就看不到那個水漬了。

把錢幣翻面後，「一百個鬼魂」的遊戲就算是真的開始了。

小川屏住呼吸。

我再也忍不住了：「第一個鬼魂！」

大家都閉上了眼睛，我也是。沒有人想張開眼睛，但我們必須要張開，才能讓這個遊戲繼續下去。

我張開了眼睛，看到有另一隻手指放在錢幣中間。那隻手看起來又白又濕，從上面把手指放到錢幣上。同時，它烏黑的潮濕長髮也慢慢從上面垂了下來。此時，我們都害怕到抿起嘴，全身發抖，但又不得不把目光往上看，連正在啜泣的小川也不例外。

一開始我已經知道希麗察的存在了，它藏在涼亭屋頂下方，因為那邊很黑，所以只看到它的頭。看起來這就像是普通的鬼片一樣，它睜大銅鈴般的雙眼，但沒有齜牙咧嘴地笑，也沒有其他的動作，看來只是要讓我們知道它的存在。

「啊……」小川縮回了她的身體，大家也都把手指從錢幣上移開。我們大聲狂叫，驚恐地吼叫，參雜著因為極度恐懼而留下的眼淚。

就在這個時候，希麗察把它的另一隻手放在全身發抖的小川的頭髮上。

「不要！」小川大叫，並且揮動著她的雙手，全身顫抖。我不知道要怎麼辦，真的不知道。小川的心理素質比較弱，我怕……我怕它會進入小川的體內。

剎那間，腦中突然出現坤庫老師的話「不要呼吸」。

我把食指和中指放到小川的嘴裡，避免她因為害怕而咬傷舌頭。但我的手指卻成了替代品，被咬得鮮血淋漓。此外，我也嘗試用另一隻手遮住她的鼻子，讓她不要呼吸。

「小川，不要呼吸！」我對著小川大叫，但她似乎聽不到我的聲音。她的眼睛轉來轉去，嘴巴張得大大的。

我用食指和中指塞住她的鼻孔，眼角的餘光還可以看到桌子中間那隻蒼白的手。同時，我也看到因為害怕而大叫的小露和小娜，極度的恐懼讓她們看起來似乎有點神經錯亂。

然後，希麗察的手指離開了錢幣。

它突然不見了，只留下仍在哭泣的小川和害怕到大叫的我們。

我知道這是件很可怕的事，甚至比想像中的還令人害怕。而且現在我們已經和這個可怕危險的遊戲脫離不了關係了。

我真的不知道接下來的九十九個鬼魂會帶來什麼可怕的事情。

看到鬼的方法

隔天，也就是開始玩這個遊戲後的第一天，早上我們都在念書。而小川覺得身體很不舒服，頭有點痛，所以在家裡休息。但是她答應我們下課之後，會來學校跟我們會合。

我、小露和小娜在社科院前面的桌子等小川，因為我們都害怕到昨天玩遊戲的那個涼亭。最糟糕的是，我們還留著昨天玩遊戲的各種器具，包括那枚讓人不想回想起來的錢幣，我試著讓自己不要想到它，而最冷靜的小露則是幫忙保管那枚昨晚被希麗察腐爛手指所按住的錢幣。

小川穿著運動服走進學校。雖然臉色有些蒼白，但見到我們的時候，仍然不自覺地露出微笑。

「還有發燒嗎？」我問小川。

「沒有了。」接著小川露出害怕的表情說：「妳們有沒有感覺到……」

「什麼？」我們回答。

「……希麗察昨天晚上來找我。」小川聲音顫抖地說，她看起來幾乎要瀕臨崩潰了。

「但它沒有說什麼。」

這時候我們都露出恐懼的神情，看著彼此。這實在太過分了！

「老師並沒有跟我們說會被鬼追。」小露說。

「我們要趕快看到剩下的鬼魂。對了，我們可以先調查哪裡有鬼，而我們可以同時看到好幾個鬼，妳們喜歡哪個方法？」小露在桌上攤開一張紙，紙上寫著看到鬼的各種方法，只有寫上每個方法的標題，不過我知道她已經研究好如何進行了。

「妳確定嗎？這些方法會有用嗎？」小娜問。

「那妳就祈禱這些方法不會有效吧！」小露面露不悅地抬頭看著小娜。

「我開始覺得這個遊戲不好玩了，該怎麼在二十一天之內找到九十九個鬼魂呢？」小露接著說。

「要玩之前，為什麼妳就沒有想到？」我對小露說。

「誰知道這個遊戲是真的可以找到鬼。」小川搭腔。「這樣吧，我建議我們分開去找找看哪裡有鬼魂，這樣或許會快一點，好嗎？」

「那如果我們失敗了，怎麼辦？」小娜問。這時我們都沉默下來，看著對方，看看誰能給大家一個答案。

「我和小川一組，那小露妳就和小娜一起去，今天就先這樣。」我說。

小川看著我，並且緊緊抓住我的手。

「好。」小露吞了吞口水。「妳們要先試試看哪一個方法？」她接著問。

我看著小露寫好的那張紙，逐一瀏覽紙上的方法，有一些方法後面寫著成功看到鬼的人數。最後，我選了最多人成功看到鬼的方法。

「我選這個。」我指了紙上某處。此時，小川看起來想要阻止我選這個方法，但我已經決定了。

「妳要在樓梯玩嗎？看起來挺不賴的。」小露說。

我知道小露是開玩笑的，這樣的事哪會好玩，對我們來說更是一個挑戰。畢竟在昨晚看到希麗察之前，我們並沒有人真正看過鬼魂。在看到希麗察之後，我們才了解看到鬼是多麼可怕的經驗。

「今天剛好是星期三[1]，會讓事情比較沒有那麼可怕。」我嘗試安慰自己。接著對小川說：「我做得到，妳站在我旁邊就好了。」

「嗯！」小川點頭如搗蒜，她比我害怕許多。

「等一下！這個方法一定要一個人做才行。小川妳應該要去做其他事情。」小露說。

「什麼意思？」我問。

「妳一定要一個人執行，別人不可以和妳一起。請小川去別的地方等，或是叫她去看其他鬼魂。」小露露出狡獪的笑容。看起來只有小露不怕鬼。

註釋

1. 在泰國星期三是佛教日，泰國人相信這具有保護的效果。

在樓梯看到鬼

小露和小娜要用晚上撥動算盤的方法來看到鬼，所以我們約好晚上在學校見面。

我們一起到了學校，現在是晚上十點半，此時學校又靜又黑，每個人手上都拿著手電筒。當然，如果我們想要用這些方法看到鬼，是不容許開燈的。而在朦朧不清的情況下，可能會有比較好的效果。

小川答應我，她會盡她所能地緊緊跟在我身後，而且也不會搞砸我們正在進行的活動。接著，我們和小露、小娜在數學大樓的走廊分開。

這時我和小川來到五號大樓視聽教室旁的樓梯，這個樓梯很窄，只能兩個人同時通過，而且又舊又髒，常常會有學生在這裡隨地吐痰。

小川幫我拿我手上的手電筒，然後走到視聽教室前面等我，此時我已經無法看到小川。為了怕其他人發現我們，影響到這個活動，我請小川把所有手電筒都關起來。

這時一片黑暗，我不禁問自己，我到底在做什麼。我想看到鬼嗎？不是吧！是因為我想要結束這個可怕的遊戲，而且希望結局一定要是好的。在我們答應和希麗察玩一百個鬼魂的遊戲之後，已經沒有選擇了，因為我們不知道如果失敗了，會有怎麼樣的恐怖後果。仔細想想，儘管我們成功完成這個遊戲，也沒有任何獎賞，這真是個愚蠢的遊戲！

要是希麗察贏了，可能它就會得到新的朋友……

我突然想到，之前學校有六個學生因為玩這個遊戲而全部死掉，原因至今仍未明。那我們會怎麼樣呢？那些學生的死，應該不是巧合吧！他們是在同一個時間死亡的嗎？死是那麼簡單的事情嗎？

希麗察現在會在附近嗎？如果我們輸了這個遊戲，它會放過我們嗎？還是它會……

這時我看到二號大樓的走廊突然有團黑色的陰影，越來越清楚。而這個陰影是來自一扇未緊閉的門，我感覺到「它」似乎正從門裡注視著我。

希麗察……

我閉起雙眼，坐在樓梯最高的那一層，揮舞雙手，想要搞清楚周遭的情況，然後慢慢放下雙手。曾在電影裡看過很多次，如果在黑暗的環境中看到什麼東西，或是遇到什麼東西，我們的眼睛和雙手是最重要且需要注意的部位。

我坐在又冰又濕的藍色磁磚地板上，此時我只能用身體來感覺周遭的狀況。我不敢轉頭看背後的情況，後面應該很黑……

我開始移動屁股，往下一層樓梯移動，再下一層，到底這個樓梯總共有幾層呢？大概十四層吧，誰管啊！真希望這個樓梯能夠無限地延伸，讓這件事情像是一個夢，我一點都不想要這件事情是真的正在發生。

雙腳踏不到下一層樓梯，我知道已經到了樓梯的最底部。

喔，我很想哭。

我說服自己抬起頭來，如果我不堅強一點，這個遊戲該怎麼結束呢。

心中有另一個聲音，不，我不想做些什麼，我想就這樣一直坐到早上，或是坐到小川來接我。

不過，我再次說服自己抬起頭、張開眼睛，反正我都看過希麗察了，還有什麼好害怕的呢？

我聽不到任何聲音，切斷了和外面世界的聯繫。接著，我張開了眼睛，但眼前是一片黑暗與極不清楚的樓梯外牆，黑暗突然包圍住我。我慢慢抬起頭，瞇起雙眼，直到有一個聲音傳來。

我嚇了一大跳，發出驚恐的聲音。

樓梯最上層有隻腳從黑暗中慢慢伸出來，伴隨著它的腿和軀幹，但是我只能看到一半的身體。

我不確定應該要高興還是難過，這算成功嗎？如果我只有看到半個身體的鬼，算是真的看到鬼了嗎？

不過，這個疑慮並沒有持續太久，當我抬頭看到樓梯上的天花板，一切疑慮就消失了。

它的另一半身體跑出來了……

「啊……」除了我的慘叫聲之外，還有另一個更尖銳的慘叫聲伴隨而來。

我這輩子沒有那麼大聲地叫過，身體由於極度的恐懼而抖動，看起來像是有神明上身一樣。

「不要！不要！」

「小珠！」

我嚇一跳。

手電筒昏暗的燈光照到我的眼睛，由於直射進我的雙眼，我突然感到一陣昏眩，接著我看到小露和小娜出現在我面前。她們的臉色都是蒼白的。

「發生了什麼事？」我問。

「我們成功了嗎？」我接著問。

小露搖了搖頭，看起來相當專業。她跟我說：「如果妳看到，表示妳成功了。但是妳知道嗎？我們看到妳……妳的頭不見了！」

我用手摸摸我的臉。還好，我的頭還在，還和身體連在一起，真的還在。

「我們試著要把妳拉出來，因為妳的頭開始慢慢消失不見！」

「對不起，我聽到妳的慘叫聲了，但我真的不敢，真的不敢！」小川接著說。

「現在妳們可以看到我嗎？妳們還可以看到我的臉嗎？」我問。

「當然！」小娜點頭。她的回應讓我比較有了信心。「但是發生這樣的事情看起來不太妙。」小娜說。

「或許應該要選比較安全的方法。」小露說。

「那妳們呢？如何？」我問。

「我們兩個人都撥動帶來的算盤，我有看到，但小娜。我覺得我們看到的鬼太少了，至少一天要看到五個，我們今天才看到兩個而已。」小露說。

「兩個嗎？小珠，妳不是有看到更多嗎？」小娜問。

然後我小聲地笑了出來，感覺到我的意識回來了。

「對啊，我有看到另外一個，但是不算吧！」我說。「因為我看到的是『希麗察』！」

超乎預期

隔天早上，我帶著一顆不安的心到學校上課。

已經第二天了，今天我們一定要看到七個鬼魂以上。一定要超過才可以，不然可能就會發生和先前六個往生學生相同的遭遇。

我嘴裡咬著筆桿，對於老師教課的聲音充耳不聞，感覺那只是個毫無意義的聲音，而我卻是身處在另一個世界，我自己的世界。

希麗察在哪裡？為什麼昨天晚上我會看到它？它是跟蹤我還是其他的人？

「小珠。」

似乎有人在我耳朵旁邊說話。我轉過頭，小川拿給我一張紙。

我接過那張紙，紙上寫著「今晚在女生廁所碰面，一起玩看到鬼的遊戲，小露。」

我轉頭看了坐在後排的小露，她正彎著身體寫東西，可能是在寫一樣的紙條給小娜。

我翻到紙條背面，寫了「撥動算盤時，妳看到了什麼？小珠。」

寫完後，我請小川幫忙傳給小露。

過了一段時間，小川才把紙條回傳給我。她看起來不太高興，似乎在怪我上課做其他事情，要我多注意前方正在教課的娜娜老師。

我不在意地笑了笑，拿回那張紙條，紙上寫著「為什麼妳不自己做做看呢？看會看到什麼，小露。」

我再度轉頭看著小露，這次她也抬頭看著我。我用嘴型說：「神經病！」

之後小露回了一些話，但是我聽不太清楚。這時硬硬的樺木板突然打在我頭上。

「小珠和小露，妳們兩個可以到外面繼續聊。」娜娜老師平靜地說。

我不得不點了點頭，起身站了起來。小露也做了同樣的動作，但是她的動作比較滑稽，看起來是在模仿我。我們牽著手一起走到教室外面，雖然這樣我們可以聊天，但娜娜老師是比較嚴肅的，所以我不太喜歡這樣的情況。

我們兩個人坐在教室外面[1]，既然老師請我們離開教室，那我就繼續說了。

「妳用算盤的方式看到了什麼？」

「跟妳在樓梯看到的一樣。」

「我是很認真地問。」

「我也很認真地回答啦！不要忘記我們要盡我們所能地看到鬼。為什麼妳自己不試試看，說不定可以多看到幾個鬼，甚至有可能看到不得善終的鬼。」

「那要怎麼確定我們看到的是不得善終的鬼？」

「我怎麼會知道，為什麼妳看到它時不問問它？」

「小露，這可是個好提議。」

接著小露帶著歉意握了我的手。她的手很溫暖，但我的手卻相當冰冷。

「小珠，我們現在已經陷得太深了，一定要完成這個遊戲才可以。妳有沒有想過，如果我們無法完成這個遊戲，會有什麼可怕的事情發生？」

「妳要去跟小川說，不是跟我說。她看起來比任何人都要害怕。」

「是這樣沒錯，不過我是怕連妳也沒有辦法幫上忙。」

我低頭看著地板。這個地板雖然被很多學生踩來踩去，但仍舊保持光亮。而由地板

註釋

1. 在泰國，教室外面，有一整排的椅子可以坐。

上升的陰寒之氣突然籠罩著我，讓我感到渾身冰冷並開始顫抖起來。我真的不想玩這個遊戲了，真的不想！

血……我低頭看到血從未知的地方流了出來，感覺是從上面流下來的，或是從我們不曉得的地方流出來的。我打開手掌，手心朝上，突然有一滴血滴到我手上。

我緊閉雙唇，慢慢抬頭看著天花板。

半身的軀幹出現在我眼前，看起來它曾經在這裡存活過。頭髮是黑色的，和我在樓梯看到的差不多，只不過現在看到的要清楚得多。

那是小男孩的身體，它的頭髮短短的，看起來很柔順；它的眼睛是睜大的，幾乎要跑出眼眶，看起來像是受了極大的驚嚇；它的嘴巴張開著；看起來是半具的遺骸，伴隨著腐爛的肉塊與破碎的屍塊；白色的制服上濺滿了鮮血；腸子從它的身體掉了出來，懸掛在半空中。

我想我可以猜猜看它是怎麼死的了。

「……小珠。」我張開眼睛，看起來彷彿從夢中驚醒一樣，全身都是汗水。此時我再抬頭看著天花板，卻什麼都沒有。

「小露，如果我們重複看到一樣的鬼，可以算是多看到一次鬼魂嗎？」我害怕地問。

在廁所找鬼

我們被娜娜老師罵死了，還給了我們比較多的作業當做處罰，這樣的事情對我們來說並不常見。

不論如何，我們都很想知道，學校裡到底有多少不得善終的鬼魂。

坤庫老師曾說，學校的女廁也有鬼魂存在。

小娜說下課之後，等小川上廁所時可以順便調查附近的情況。

好不容易等到下課，小川進去廁所了，我們三個人在廁所外面等著。

「那我們要怎麼在廁所看到鬼呢？」

「我怎麼會知道，我還有很多作業要做，還要負責找鬼嗎？」小露生氣地說。

「妳對這件事情一點都不緊張嗎？妳都沒有什麼感覺嗎？」我問。

「什麼感覺？」小露問。

「我有感覺到有東西一直在跟蹤我，不應該……不應該有這個情況。」我回答。

「真的嗎？妳被希麗察跟蹤嗎？」小娜的臉色看起來不太好。

「不只希麗察，還有很多鬼在跟蹤我。昨天老師叫我到教室外面時，我也看到那天晚上在樓梯間遇到的同一個鬼。」我回答。

我看起來像一個發瘋的人在胡言亂語，因此附近的人紛紛看著我們，我想他們是覺得我們是頭腦有問題的人吧。

「關於這個遊戲，還有什麼事情是我們不知道，而且應該要注意的呢？」小露問。此時小娜沉默不語。

「小露，妳沒有遇過這樣的事情嗎？」我問。

「沒有。」小露回答。「不過既然妳有遇到，我想之後我也一定會遇到。」

「妳不怕嗎？一點都不怕嗎？」

「不怕！」

我接受小露的說法，不過我覺得如果她真的遇到，她也是會害怕的。

「妳們知道嗎？這真的是很瘋狂的事情！」小娜突然插話，她看起來快發瘋崩潰了。

「我們現在到底在幹嘛？跟鬼玩遊戲嗎？那個遊戲只是一個傳說，妳們只是在跟我開玩笑吧！我知道！」小娜接著說。

小娜歇斯底里地指著我們每一個人，甚至當小川從廁所出來的時候，她也對著小川慘叫了幾聲。

「妳也是啦，小川！不要跟我開玩笑，妳也不是真的害怕！」小娜大聲地說。

「小娜！」我雙手按住她的肩膀，試圖讓她冷靜一點。

「我們都有看到希麗察，妳也知道。」

「不！不！我沒有看到！」

「妳有看到！」

我不斷向小娜說這件事情。因為希麗察的影像已經深深烙印在我們腦海中，比看任何恐怖電影還要真實，還令人恐懼。

小露：「我們都有看到，我們也知道那是真的，不過我們不會逃避，一定要面對。」

小娜：「面對嗎？面對個鬼啦！」

「對！我們就是要和鬼面對！」小露語氣強硬地說。

小娜撥開我的手，一直看著我們的臉，接著哭了出來。

「這個太過分了，我怕……只剩下我還沒有看到鬼。希麗察已經去找妳們了，但是還沒有來找我……不……我也不想它和我有關係。」小娜哭道。

「如果我們失敗的話，說不定會像死掉的那六個學生一樣。」

說到這裡，小川也開始哭了起來，我拍拍她的肩膀，想要安慰她。而旁邊的學生仍然注視著我們。

「好啦！」小露拍拍小娜的肩膀。

「如果我們不想像那六個學生，那我們還在等什麼？我們不想希麗察對我們露出勝利的微笑吧！」小露接著說。

因此，我們一起進去廁所裡。裡面有兩條走道，走道兩邊分別都有幾間廁所。我們往較裡面的那條走道走了進去，並且決定選擇那裡的第一間廁所。

「聽說這裡有人上吊死亡。」小露說。

「可能是在排風扇那裡上吊，還是哪裡呢？我覺得應該是在那裡沒錯。」小露接著說。

這時有兩個學姐走進廁所，並用怪怪的眼神看著我們。因此，我和小露走到另一邊的廁所，那裡有一個洗手台，鏡子上面用立可白寫著「小斑愛小差６０２」[1]。

「那現在我們要做什麼呢？」小川害怕地問。

「我們先分組，小川和我一組，小娜和小珠一組。我們要去理學院，那裡會有一個白衣長髮的女鬼等著我們。」小露一派輕鬆地說。

「真的嗎？那不是只是學長姐之間的傳說嗎？」小川的聲音越來越小。

「真的，這是真的事情！」小露點頭。

「小川妳一定要一起去，如果妳害怕，我們要怎麼在二十一天內看到一百個鬼魂呢？」小露接著說。

小川無辜地點了點頭。其實一開始就不應該找她一起玩這個遊戲，現在讓她感覺到那麼害怕，我也覺得很不好意思。

學姐們離開廁所後，小露開始指揮我們，「你們兩個人先躲在廁所的儲物間，直到所有人都離開學校並且關燈之後，妳們再出來。」

「然後呢？接著我們要做什麼？」我問。

「敲門吧，或是做其他事，會讓鬼魂出現的事情都可以。」小露回答。

我看著小娜的臉，吞了吞口水。

註釋

1. 小斑是女生，小差是男生。

「OK啦！我覺得妳們已經準備好了。」小露說。「再見！」

之後，我和小娜走進儲物間，並且輕輕關上門。我們在裡面等了一個小時，等到外面幾乎沒有什麼聲音，似乎所有人都已經離開了學校。

「啪」一聲，燈突然全部熄滅了。

黑暗中我伸手抓住小娜的衣服，這時我們互相點了點頭，慢慢打開儲物間的門。

此時廁所一片漆黑，外面只有微弱的光線。

「那些音樂系的學生應該還在練習泰國傳統音樂吧，我們應該要怎麼辦？」小娜倚著牆問道。

「我也不知道。」我也倚著廁所的門回答。

突然間，我們聽到關門的聲音。

「碰！」

「什麼東西？」小娜側著身體想要看看發生了什麼事。

「有人在廁所裡嗎？」

「聲音在另外一邊，不過小露說鬼不是在這一邊嗎？」

「誰知道啊！」

「有誰在這裡嗎？」

沒有任何回應。

「一起去看看吧！」我告訴小娜。

但是我突然聽到一個聲音，似乎是有東西掉到地上。

結果是小娜跌倒所發出的聲音。

「唉呦，什麼東西！」小娜罵了出來。

我彎下腰想要拉小娜起來，但感覺到前方似乎有什麼東西，我慢慢抬頭，想要看清楚發生什麼事。

看起來是電影中才會出現的場景，在黑暗之中，我突然看到腳漂浮在空中……

「啊！」我害怕地抓了小娜的袖子。

「怎麼了？」小娜轉頭問我，似乎有點生氣。不過，她突然睜大了雙眼。

「鬼！」小娜大叫。

「不要說了！」我對著小娜吼叫。

這時我們快速站了起來，一起向門口狂奔，想要趕快離開這個鬼地方。但是當我們跑到門口時，門突然關了起來。我發瘋似地轉動門把，想要開門出去。

「開啦！開啦！拜託趕快開門！」

小娜一邊瘋狂大叫，一邊用力捶打著門板，看起來要把門打碎一樣。

「有人在外面嗎？拜託幫幫我們，拜託！」小娜一邊哭一邊懇求著。

有風從廁所上方的空隙吹了進來，越來越大。這時我聽到引擎運作的聲音，似乎是排風扇轉動的聲音。突然間，風吹到我臉上，我轉頭向裡面一望，廁所的門同時全關了起來。

「碰！」

我嚇了一大跳，而小娜看起來快要崩潰了，她自言自語：「我要殺了小露！我要殺了小露！」但是現在說什麼也沒用，於是我把手慢慢離開門把，接著拉了拉小娜的衣角，要她一起看看發生什麼事。

「我不要看，我什麼都不想看了！」小娜大叫。她不敢和我一起轉頭。

接著我們聽到水的聲音，水龍頭開始有水流了出來，流水的聲音像是小瀑布般。

我不曉得該先看哪一條走道，此時水慢慢淹過我的腳踝。我彎腰去看，不知道是不是我的眼睛想要跟我開玩笑，我的大腦告訴我「那是血，是血！」

「小娜！」我大叫，小娜轉頭一看，突然也慘叫一聲。

我望向廁所上方的空隙，離我們最近的那間廁所上方，有一隻手從空隙中探了出來，抓在牆上。

「不要！」小娜閉上眼睛，臉朝向地板。同時小娜拉了我一下，害我跪倒在地上。但是我真的很恨我的眼睛，一直注意到那間廁所上面的空隙。突然間，第二隻手伸了出來，伴隨著的是一顆黑色的頭顱。

現在我只聽到一個聲音在我耳邊環繞，而水聲消失了。那個聲音就像是麥克風和音箱互相干擾所發出的聲音。由於極度驚恐，我張大了嘴巴，睜大雙眼，雙手緊握。

「啊！不！不！」

「啪！啪！」它的腳張得很大，瘦小的身軀慢慢爬過廁所的牆。喔，不！我曾經看過這個畫面，這個令人恐懼無比的畫面，對……就是貞子，是它從井裡面爬出來的那一幕……

然後它突然掉到廁所的地板上，上面充滿著水，還是血呢？

「嗚……嗚……」我一直聽到小娜的哭聲，還有外面的門把持續發出喀嘎喀嘎的聲響。

「誰在裡面啊？」

從廁所外面傳來這句話。這時我的身體正倚靠著出口的門，小娜則是在我的前面，由於有人從外面試圖打開門，所以門不停地晃動，還能聽到金屬相互碰撞的聲音。

它慢慢地接近我們，並不是爬過來的，而是用一隻手推著身軀前進，同時，另一隻手則向我們撲了過來。另外，它的頭髮開始慢慢變短，從原本掩蓋住整個臉龐，到可以清楚看到它的額頭；它的眼睛向外突了出來，充滿了渴望的感覺，看起來似乎要我們幫忙什麼。

「小娜！」我把小娜拉了過來，避免它抓到小娜。

「救我！」

不……我幫不了誰，連我自己會怎麼樣我都不知道……

水慢慢淹過我的膝蓋，也慢慢吞噬掉它趴在地面上的身體。我拉了小娜站了起來，我們一直哭，有人可以帶我回家嗎？拜託！

「碰！」我突然向後摔了出去。原來是門突然被打開了，地面上的水也突然全部消失，但我還是覺得有濕濕黏黏的感覺。

小娜癱坐在我旁邊，由於極度驚嚇而幾乎無法言語。她一隻手扶住了我的手臂，拉著我想要趕快離開廁所。

真的很感謝剛剛在門外幫助我們的人，他是在練習泰國傳統音樂的學生。

那個學生疑惑地看著我們怪異的行為。

此時，我只想跟他說一聲：「謝謝你！」

捉迷藏

花了半個小時的時間，和校長、導師說明放學後為何還躲在廁所之後，我們就回餐廳吃午餐。

小露坐在餐廳等我們，看起來一副事不關己的樣子；小川則是眉頭深鎖，看起來很擔心我們。

小川說我應該要先吃點東西，不過此時我還沒有半點食慾。

「妳沒有帶換碗盤餐具的卡[1]嗎？」小露淡淡地對我說。

「小露，我要殺了妳！」小娜大吼。我知道小娜真的很生氣，但像這樣的情況，小露總是有理由可以平息問題。

「妳知道嗎？如果廁所裡有很多鬼的話，我們昨天至少可以看到兩、三個鬼魂了！」小露說。

「這簡直是瘋了。」我搖搖頭，完全不同意小露的說法。

「小珠，妳還沒有看到十個鬼魂，那如果妳看到了一百個鬼魂，妳不就會發瘋到死嗎？」小露說。

「那是這個遊戲的盲點，根本沒有人會贏。相信我，我們也不例外。」小娜說。

「不要那樣說，那是表示什麼意思，妳們不也是知道的嗎？」小川小聲地說。

我們沉默地看著彼此，大家都知道小川的意思。

「說不定就算我們輸了，也不一定會死。」我說。

「但是六個學生離奇死亡，也是和我們玩相同的遊戲啊！」

「喂！我才不會讓自己像那六個學生一樣死掉！」小娜重重搥了桌子，以至於全餐廳的學生都轉頭看著我們。

「如果是坤庫老師，他一定會知道這件事，我們去找坤庫老師吧。」小川說。

「妳們想被老師罵嗎？我們不可以跟老師說。」小露說。

註釋

1. 在泰國的學校，有些需要用卡片換吃飯用的碗盤和餐具。

「小露，我們已經越陷越深了，我們一起去找老師好不好？他一定知道要怎麼退出這個遊戲。」我說。

「我們可以試探性地問老師，而不要直接問，我想老師不會知道我們正在玩這個遊戲的。」小娜建議。

「妳忘了嗎？坤庫老師有異於常人的第六感。」

「那我們就不管這件事情了嗎？我們一定要做些什麼，要不然我們沒辦法贏這個遊戲。而且，現在我們不只是看到鬼魂而已，它們還想要傷害我們。」我大聲地說。

此時，全餐廳的學生又再次轉過頭來看著我們，連在隔壁吃飯的老師也開門走了過來，餐廳頓時安靜下來。

我抓了包包跑出餐廳，經過醫護室到廁所去。

「小珠！」小娜跟著我跑了出來，並拉住我。

「喂，放開我。就這樣吧，我受不了了，與其讓那些瘋狂的鬼來抓我，倒不如一槍打死我好了！」我對著小娜大吼。

小露和小川也跑了過來，她們試著讓我冷靜下來。而由於我們怪異的行為，餐廳所有的人都在注意我們。

這個時候，我在足球場中間看到了「它」！

那個它就是希麗察，黑色的頭髮依舊遮掩住了它的臉，它穿著又舊又黑的學生制服，用身體側面對著我。接著，它轉頭看著我，但在那裡踢足球的人似乎都沒有看到它。

「這個小鬼。」我大罵。

接著我低聲說：「你要跟我玩嗎？來吧！我一定會找到一百個鬼魂，然後叫降頭師[2]來抓你，讓你安息！」

在學校旁邊的街道上，有一間廢棄的建築物。我們四個人帶著手電筒，準備進去裡面挑戰某種未知的事物。

「這扇門很舊，而且也沒有門鎖，進去找找有沒有什麼好玩的事情做吧！」小露對著大家說。

註釋

2. 類似台灣的道士。

「妳一個人玩吧！」小娜冷笑。

我打開手電筒，光線經過門口的柵欄照了進去，可以看到要上二樓的樓梯上的天花板結滿了蜘蛛網。

「進去吧！」

我第一個走進這間建築物。由於四周相當安靜，可以清楚聽到門被打開的聲音。大家身上都沒有帶佛牌，因為今天我們要玩「捉迷藏」。

「聽說很多人死在這間建築物裡，我們來看看這到底是不是真的。」小露說。

「誰要當第一個捉人的鬼？」我問。

「就我啦！」小娜毛遂自薦。「我覺得沒有人想要自願當這個角色。」

小川慢慢向我靠近：「小珠，我們一起躲吧。」

「妳們瘋了嗎？如果想要看到鬼，妳們兩個一定要分開。今天晚上沒有看到鬼，就不要回去了。」小露罵道。

「而且一定要看到超過十個鬼魂，我們所剩的時間不多了。」我接著說。

小露把從廟裡拿來要蒙住眼睛的黑布給了小娜，接著我們協助小娜用黑布遮住眼睛，帶她到一根柱子旁，而這根柱子在一間舊廁所旁邊。

「如果抱著一隻黑貓來玩捉迷藏，應該也滿不錯的。」我開玩笑。

「我已經試過了，沒有用。」小露大聲回答。

「小露，如果像妳說的那樣，那我也想抱著一隻黑貓來玩這個遊戲。」小娜點頭說道。

她看起來有一點害怕。

「妳開始從一數到十三，不要再開玩笑了，數到十三之後就可以開始找人了，但記得不論遇到什麼，都不可以大叫。」小露對著小娜說。同時拉著小娜在原地轉了三圈，再把她推近那根柱子。

「哎唷！好痛！」小娜叫了一聲。

「我要走了，祝妳幸運。」小露對著小娜說。「對了，不要忘記關上手電筒喔。」

我們三個人都關上手電筒，趕快找地方躲起來。我和小川跑上了樓梯，小露留在一樓，並且慢慢走進廁所。

「小珠，妳跟我在一起就好了。」小川拉著我。這時小娜開始算時間了。

「一、二、三。」

「妳瘋了嗎，我們是要來找鬼魂的，不是單純玩捉迷藏，妳去左邊，我要再上去一層樓。」我對著小川說。

我推了小川一把，接著立刻跑上三樓。

「七、八、九。」

我在三樓找到了一個房間，推門躲了進去，再把門帶上。

「十一、十二、十三。」

進到房間後，我背對著門，看到前面有四扇沒有玻璃的窗戶，地上有很多用過的抹布，還有很多灰塵。因為小露告訴我們不要打開手電筒，所以我嘗試壓抑自己恐懼的感覺，不去打開手電筒。

「如果不想死，絕對不要打開手電筒。」小露的聲音在我腦海裡響起。

我慢慢倚靠著牆前進，直到我撞到一個在牆上的框架。

「砰！」

我小小聲地罵了幾句，用手去摸了那個東西。

「是鏡子嗎？真舊。」

由於有外面照進來的昏暗燈光，所以除了可以在鏡子裡看到自己之外，還可以看到這個舊鏡子上有很多灰塵和破裂的痕跡。這時我突然想到，小露告訴我可以看到鬼方法之一就是要用鏡子看。

洋洋得意自己能想到這個方法。

低頭想看手錶，但看不太清楚。我按了按錶上的燈光鍵，藍色的燈光讓我很清楚地看到，現在是晚上十一點四十五分。

我突然想到，如果現在媽媽沒有起床到房間看我，她就不會知道她的女兒已經從家裡二樓的窗戶爬出去了。

我仔細回想小露告訴我的方法，似乎是要在午夜前六分鐘，每隔一分鐘吞一次口水。

當我在注意時間的同時，我聽到樓下的驚吼聲，我想不是小露就是小川發生了什麼事。

再十三分鐘。

我的眼睛離開了手錶，仔細聽著樓下的聲音，我聽到小川一直喊叫。

再十分鐘。

「不要！」小川的聲音傳了上來，看來她是遇到什麼東西了。

再五分鐘。

我移動了一下，轉過身背對著鏡子，心裡只希望這個方法能成功。這個時候，我試著要讓手錶上的燈光亮著，並持續盯著錶上的時間。

再一分鐘。

到下一分鐘的時候，我要吞口水了，是嗎？

「十五……十……五……」

「咕嚕」我吞了吞口水，再按了一下手錶上的燈光鍵，等下一分鐘的到來。

「啪！啪！」

這是有人在爬的聲音嗎？

是開玩笑吧？一定只是水的聲音。糟了，下一分鐘到了。

「咕嚕」我又吞了一次口水，一次一次又一次。到了第七分鐘，我再次吞了口水。

不知道要不要閉眼睛，但我還是閉上了，慢慢把頭轉向鏡子。

再吞口水一次。

我，張開眼睛！

故事9

鬼在鏡子裡

「不要！」

這聲慘叫讓我嚇了一跳，我轉頭看了一下，不過也沒有忘記注意鏡子裡的情況。

但實在太害怕了，我決定拋開一切，跑到門口想要開門出去。

「撇咧」一聲，似乎有什麼東西掉到地板上。

我轉過頭去。

黑暗中，我看到鏡子裡有個疑似肉團的東西，這個肉團看起來就像是被從中間切開的樹墩。而在肉團中間，有未知的東西跑了出來。我想剛剛聽到的怪聲，應該就是它發出來的。

我彎腰朝下面看了一下。

「喀！喀！」

我又聽到這個聲音了，但這次聲音不是從外面傳來，而是從這個房間發出的……我下意識地轉頭去看窗戶，並沒有發現任何東西，接著望向鏡子，突然有個東西跑了出來。

是手……

緊接在手後面的是一隻手臂，從鏡子裡掙扎似地鑽了出來，鏡子裡也慢慢流出黏黏的液體，看起來就像是已經腐爛的屍體。

我腳一軟，連爬帶滾地想要離開，屁股上沾滿了地上的灰塵，手電筒也掉到地板上。

突然間，那隻腐爛的手從鏡子裡掉了出來，沒有肩膀與軀幹，只有一隻手緩慢地在地上蠕動。

這是手嗎？那鏡子裡剩下的那個圓圓扁扁的東西是什麼？

在腐爛的手之後，腳趾慢慢從鏡子裡跑出來，我睜大了雙眼看著這個東西。同時，腦中也在思考，到底是誰想到這個看到鬼的方法，我真想罵他一頓，並且炸了他家才罷休。

接著出現了腳踝、小腿和大腿，最後整隻腳掉到地板上。而那隻動來動去的腳，看起來就像是被砍斷的蜥蜴尾巴一樣。另外，現在我可以清楚地看到在大腿肌肉中間的那個東西——骨頭。

此時，我沒辦法等到下一個可怕的場景出現了。我起身想要抓住門把，但是發現已經有一個東西在門把上，是第二隻跑出來的手……這隻手有著修長的指甲，正搖搖晃晃地握著門把，似乎想要打開那扇門。

「不要！不要！」

那是女生大聲慘叫的聲音。

「不要靠近我，不要！」

同時間，由於門把上那隻手，讓我的雙腳不自覺往後退了幾步，然後有個更可怕的東西從鏡子裡跑了出來。

人頭……

「啊！」我的眼淚掉了下來，但是我也沒有辦法不看從鏡子裡跑出來的東西。

這時我看到鏡子前站了一個女生，她看起來在跟我說話，但是我一點聲音也聽不到，只看到她慢慢轉過身去。

有另一個男生躺在床上，起身走過來抓住那個女生的頭去撞鏡子，還朝女生背部重重踢了一腳。

「你敢跟我吵架嗎？」

「不要！」我小聲地自言自語。

「不！」心裡再度暗叫一聲。

男生抓著女生的頭站了起來。由於相當疼痛，因此那個女生不斷掙扎亂動，她的臉上佈滿血漬。男生仍持續抓著她的頭去撞鏡子，直到她的臉上出現很多傷口。

我似乎正參與著這間房間過去曾經發生過的事情。我想也就是因為這件事，現在這棟建築物才會荒廢無人居住。

其實我一點都不想知道之前發生過什麼事，但我對著房間的那面鏡子嘗試了看到鬼的方法，讓我不得不面對過往曾經發生過的事情。

想看嗎？來吧！你可以看到所有的情況！

「不！」我用手摀住耳朵，但是仍然可以聽到有人慘叫的聲音，地板上還有很多破碎的內臟。

接著，我看到那個男生正掐住那個女生的脖子，女生看起來很年輕，應該不會超過二十五歲。

由於極度的痛楚，那個女生在地板上不斷掙扎，同時用她的雙手蓋著那張傷痕累累的臉。另外，地板上佈滿了鮮血，我用手去摸摸地板上的血漬，想要確認這到底是不是正在發生的事情。

突然那個女生停止掙扎，慘叫聲也消失不見。是的，那個女生已經死了，已經沒有任何氣息。接著，那個男生如釋重負地站了起來，不斷起伏的胸口說明他有多麼疲累。就在此時，那個男生突然轉向我，慢慢朝我走過來。

不！我揮舞著雙手想要抵擋他靠近，但滿手鮮血的他穿過我的身體，走出了這個房間。

此時，眼前只剩下躺在地板上的那具女屍，和不斷從鏡子裡掉出來的未知器官。

這到底是什麼？

「砰！」房間的門突然被打開，然後馬上關上。是那個男生，剛剛穿過我身體走出去的那個男生。他手上拿著一把開山刀，我想他那剛剛洗乾淨的手，又要再一次沾滿血跡了。他走向躺在地板上的女屍，跪在她前面，用那把刀慢慢開始切那具女屍的大腿。

面對現在的場景，除了保持沉默，我真的不知道我應該做什麼。

那具正在被肢解的屍體，她的頭慢慢抬了起來，和從鏡子裡掉出來的頭突然合而為一，同時感覺到時間回到真實的情況。

我聽到手錶發出的聲音，提醒著我現在剛好是午夜十二點。而我感覺到剛剛所經歷的，遠比實際經過的時間要來得久很多。當我第七次吞下口水時，時間就應該是午夜十二點了。

此時我看到那具女屍的頭正看著我，她的頭從脖子以下已經全被切斷，切口從前到後，呈現出前高後低的狀態。凌亂的黑髮蓋住了她的臉，嘴巴則是大大張開著，伴隨流下混著鮮血的口水。

「呃……呃……呃……」

她發出沙啞的聲音。她似乎沒有舌頭，我也聽不清楚她想要表達什麼。但是可以感覺到，她似乎想要跟我說些什麼。是要我救她嗎？幫忙她離開這裡，讓她重獲自由？還是不希望我打擾她？

我問問自己，我現在已經變成可以和鬼溝通了嗎？

心裡並沒有要逃跑離開的想法，但是雙腳卻忍不住顫抖，而我的手更是冰冷到僵硬了。

「不，我……我沒有辦法幫妳。」

「呃……呃……呃……」

「不。」我搖頭。此時我的腳已經可以動了，我慢慢退後，心裡只想叫救命。雖然我很想知道我可以幫她什麼忙，但那只是我心裡想知道而已，事實上我不想幫她任何事。

她的頭在原地動來動去，看起來沒有辦法向前移動。黑色的頭髮蓋住了滿是鮮血的臉孔，因此我沒辦法看到她的眼睛。她仍舊張大了嘴巴，伴隨著滿口的血，同時似乎想要說些什麼。

然後我看到鏡子裡掉出腳、手臂、手和軀幹，它們慢慢向我靠近。而那隻握著門把的手一直動來動去，但它握得很緊，應該是沒有辦法放開，讓我不能從這個房間逃出去。另外，我也沒有辦法跳過那堆屍塊逃到外面。

怎麼辦，怎麼辦。

「有人在附近嗎？」我聽到門外傳來的聲音，是小娜。「這樣不好玩，我看不到，出來吧！我要把蒙眼的布拿下來了。」

我本來想要開口叫住小娜，但是地板上的一隻手突然抓住我的腳踝。

「啊！」

「小川！」小娜大叫。她的聲音聽起來嚇了一跳，我相信她已經把蒙眼的布拿下來了。我可以聽到她急促的腳步聲。這時，抓住我的腳踝的那隻手，則是慢慢開始往上移動。我用力把它撥了下去，沒有像上次那樣害怕。

「我沒有辦法幫妳。」我憐憫地說，接著轉頭去看旁邊的窗戶。

希麗察正坐在窗邊，一隻手握住窗戶的框架，一隻手則是放在肩膀上。灰色的眼皮看起來恍恍惚惚的，黑色的眼球則正看著我。

「為什麼妳想跟我們玩這個遊戲？鬼應該不知道有這個遊戲吧！」我問它。

它動了動它的頭，張大眼睛，看起來似乎很生氣，我感覺到有點害怕。但是我恨它的感覺比它生氣的感覺要多好幾倍。自從它開始跟著我們的時候，我就開始恨它了。

「不！」

小川大聲慘叫，我知道那是她的聲音。除此之外，我也聽到有人瘋狂大叫的聲音，以及門被大力關上的聲音。

我決定要開門出去，當我用手握住門把時，上面的手突然消失。打開門後，房間裡所有的東西瞬間全都不見了。這時我只看到門外的小川和小娜虛弱地跌坐在走廊上，手電筒也掉落在她們身旁。

「喔，不要。」

當小娜聽到腳步聲，她閉上眼睛發出了慘叫聲。後來她才發現那是我的腳步聲。

「小珠，小珠，我們離開這裡吧。」小川叫著。她跑過來抱著我，一把眼淚一把鼻涕。

「小露呢？」我問。同時用腳推了那扇門，讓它關起來。心想，就讓那個被肢解的女生屍體留在房間裡吧。

或許應該說，留下的只是她的鬼魂。

鬼帶人躲起來

為了找小露，我們一起走下樓。現在這間荒廢的建築物中，安靜到只有我們的腳步聲。這時小川告訴我們，她剛剛發生了什麼事。

「當那些鬼魂出現時，我害怕到全身顫抖，感覺好像快死了一樣。」小川說。

「小川，妳看到幾個鬼魂？」我問。

「大概看到十個。那時我聽到小川的慘叫聲，就開門進去看，之後發生的事情就非常精彩了。」小娜幫小川回答。

「瘋了，我們真的是瘋了！我們看起來好像是奇怪的人。」我小聲喃喃自語。

「但是今天算是很成功的一天，如果沒有那些掐住我們脖子，或是要我們幫忙帶它們出去的鬼。」小娜說。

小川站在一旁不發一語，頭恍惚地搖來搖去，看起來沒有什麼精神。

「我看到小露跑進那間廁所。」我指著那扇半開的門。

「小露出來吧，裡面很黑。」我接著說。

這裡十分安靜，只有徐徐的風，吹得廁所的門微微搖動。此時小川和小娜的手電筒所發出的光線，讓我可以看到廁所裡破損的磁磚，上面長滿了黑黑的黴菌，散發出一股陳舊的味道。接著我慢慢走近那間廁所，小娜則是在一旁幫我照明。

「小露。」我叫了一聲，同時慢慢推開廁所的門。

「砰！」門突然往後關了起來，把我的手撞得隱隱作痛。我們都嚇了一跳，呆在原地，不曉得為什麼門會突然關起來。

「小露，不要再玩了。」小娜說。但我並不覺得小露在跟我們開玩笑，一定是發生了什麼事情。照理說，現在她應該要出來和我們碰面了，但她還躲在廁所裡，還把門關了起來。

「小露、小露。」我小聲呼喚著。

但並沒有任何回應，沒有任何聲音，四周依舊是安安靜靜的。

「小露，我們要回去了，快點出來吧！」小川說。

依舊沒有回應，依舊安靜。

一定發生了不尋常的事。接著，我突然想到之前的對話。

「如果抱著一隻黑貓來玩捉迷藏，應該也會滿不錯的。」

「我已經試過了，沒有用。」

「小露，如果像妳說的那樣，那我也想抱著一隻黑貓來玩這個遊戲。」

「小娜，關於捉迷藏這個遊戲，還有什麼其他的規則嗎？」我問。

「什麼東西？」小娜說。

「我是指除了要抱一隻黑貓，還有什麼其他的規則嗎？」我問。

「怎麼了嗎？」小川靠近我們，加入討論。

小娜皺了皺眉，突然大叫：「對了，不可以在晚上玩捉迷藏，要不然鬼會帶你去躲起來。」

「小露！」

「小露，妳出來吧！」小娜叫。我抓住門把把門打開，而在廁所裡見到的情況，則是讓我們當場呆在那裡。

廁所裡什麼東西都沒有，只有一個破損的馬桶、水桶和破掉的臉盆，滿地都是從牆上掉下來的磁磚；但沒有半點小露的蹤跡。

我慢慢走進廁所裡，拿著小娜的手電筒照來照去，想要更清楚知道裡面的情況。然後我看到在馬桶下面，有黃色的水流了出來。

「小露！」

「滴……滴……滴……」似乎有什麼東西滴了下來。

「什麼東西？」小娜叫了一聲，並用雙手擦了擦頭髮，接著看了一下。

「啊！這是什麼？」小娜叫。

「發生什麼事？」我轉頭問。小娜的臉色十分蒼白，睜大雙眼看著她的手掌。

「血……是血……」小川驚恐地說。

我屏住呼吸，慢慢抬頭看著天花板，有血從上面緩緩滴了下來。

「呃！不！不！」我大聲叫了出來，小娜和小川也跟著一起大叫，我們的眼淚無法控制地流了下來。

「嗚……嗚……不……」

「小露！」小娜不斷哭喊，雙手朝著天花板揮動著；小川則是快崩潰了，雙腳癱軟地跌坐在地上；而我的眼眶中充滿淚水，一直看著天花板上的狀況。

小露就在那裡，在廁所的天花板上。她渾身是血，濕軟地黏在天花板上；雙眼睜得很大，無法瞑目；脖子扭轉變形，垂到身體的另一邊；黑色的頭髮散佈在天花板上；手腕一樣是扭曲變形，呈現不可思議的角度；還有詭異的黑色血線纏繞著她的身體，把她固定在天花板上。

「嗚……嗚……小露……不……」

下一個就是你

「不，我不知道。」

「那為什麼進去那裡呢？」

「我跟朋友去玩。」我冷冷看著對面的男生，沒有其他的感覺。但是，其實大家都知道我現在很悲傷，很遺憾。我坐在審訊室的椅子上，那個在我對面問話的胖胖男生是警察，職位是督察，負責小露死亡的這個案子。此時他正拿著一本資料在做筆錄，接著問：

「只是去玩嗎？」

「對，只是因為好玩而已。」

督察咳了幾聲，站了起來，在審訊室裡走來走去，接著他又問：「在那麼晚的時間，好玩嗎？」看起來有點生氣。

「我真的不知道發生什麼事。」我吞了吞口水。或許在審訊室外面或是其他房間，小露的父母正在聽我們的對話。

「到底是誰殺了我朋友？」我問。

「不知道，所以我們才會想要知道事情的真相。妳們到底去那裡是要做什麼？」督察不耐煩地回答。

我保持沉默，並沒有回答。那位督察嘆了一口氣，點頭示意要旁邊的警察帶我出去。我站起來，走向那位警察，走了幾步突然停下來，轉頭回答：「我們玩的是一百個鬼魂的遊戲，我只知道這樣……」

我走到外面坐著，小娜從我旁邊經過，走進了審訊室。她看起來很像快要死掉的人，精神相當不好。我知道她跟小露很好，而且小露是她最好的朋友，但是我們都知道，小露已經死了，而且死得很淒慘……

那一定不是普通的意外死亡，連警察們也是這麼認為。但我應該要怎麼辦？我應該說出，我們正在玩捉迷藏找鬼魂的遊戲嗎？然後小露就悽慘地死在廁所的天花板上嗎？

我的雙手不停顫抖，雙手緊握。我極力想要壓抑自己不安的情緒，避免讓自己失控。椅子很冰冷，我也覺得冷，天氣也冷。我一直注視著審訊室外面通道的灰牆，它看起來也是冰冷的。而在那座灰牆後面，小娜可能正在回答那位督察的問題。但是小娜無論是說出真相，還是只是應付應付，警察也都沒有辦法抓到殺害小露的真正兇手。

我媽媽並沒有跟著我來警察局，但是警察已經撥電話給她了，不過她還沒有趕到。我想她現在可能正在準備現金要來警察局保釋我，或是正試著聯絡我爸爸。過了好一陣子，現在已經凌晨三點十二分了，我看到小娜一臉倦容地從審訊室走了出來，接著和她的父母一起回家，只剩下我在這個空蕩蕩的通道走廊坐著。

小娜回家之後，督察從審訊室裡走了出來，對著我深深嘆了一口氣，接著慢慢離開，走向另一條通道。而另一位年紀較小的警察，則是留在這裡陪我。

那位警察站著，靠在我對面的牆上，雙手交叉放在胸前，但並沒有顯露出傲慢或是不耐煩的感覺，從他的眼神我可以感受到他對我的同情。

「你知道在那棟廢棄的建築物裡，之前發生過什麼事嗎？」我問他。

「如果妳要直接的答案，那我可以告訴妳，那裡過去曾經死過很多人。」他回答。「那裡之前發生過火災，超過十個人葬生火場，也曾經發生女生被殺害分屍的事情，不過不論我們怎麼調查，都找不到犯案的兇手。也因為這樣，屋主決定搬離那間房子，並出售它，不過到現在還沒有人想買。」他接著說。

我點了點頭，接著問：「那在那裡的廁所裡呢？之前有人死在那裡嗎？」

「我不知道，妳在懷疑什麼嗎？」

「我的朋友就是死在那裡，我想那裡一定有什麼問題。」

「妳不要擔心，為了抓到殺人兇手，我們一定會竭盡所能地調查。」他走向我，坐在我旁邊說道。

「不過我很疑惑，妳們到底是去那邊做什麼？妳們三個人的筆錄都不一樣。小川說妳們一開始去那裡是為了玩捉迷藏，但最後發現小露時，她已經死了；而小娜說一定是有什麼東西抓了小露，那個東西不是人，而是鬼。所以我想再問妳一次，妳們到底是去那邊做什麼？」他接著問。

我低下了頭，雙手十指緊握，慢慢地說：「那是遊戲的規則，你有玩過捉迷藏嗎？據說如果在晚上玩這個遊戲，鬼就會帶你去躲起來。」

他笑了笑，接著說：「真是可笑，之前我也相信過這樣的事，不過現在我相信世界上並沒有鬼魂存在。」

「雖然你不相信，但是也要尊重這樣的事情比較好。」我轉頭回答。

「希麗察！」

我睜大了雙眼，看著坐在警察旁的小女鬼。它轉頭看著我，接著很生氣地看著那位警察，它蒼白的嘴微微張開，露出了輕蔑、詭異的笑容。

「不要……」

「什麼東西？」他問我，他沒有看到我見到的情況。我看到希麗察的黑色長髮慢慢伸了出來，環繞在那位警察的脖子上，但他看起來一點感覺都沒有。接著，希麗察慢慢伸出手抓住他的領子，一轉眼，他被希麗察整個抓起來，用力地砸到走廊的牆上，接連砸了兩次。

「碰！碰！」

「不！」

他的雙眼睜得大大的，大到眼珠快要掉下來一樣；受到撞擊的頭破了一個大洞，血水伴隨著腦漿汩汩流出，把那面灰牆染成令人作嘔的紅色。希麗察慢慢收回散亂的黑髮，只留下那具已經不會再說話的屍體，並掉到地上。

由於極度的恐懼，我倏然從椅子上跳了起來。

「不……不是我的錯……不……」

我的雙手不斷發抖，握住那位警察的手臂，嘗試要去搖醒他，不過他一點反應都沒有。

他真的已經死了嗎？真的死了嗎？死了嗎……

是因為我嗎？

「不！不是我的錯吧！」

「小珠！」

我聽到媽媽呼喊我的聲音，同時也聽到通道兩側有著急促的腳步聲傳來，一邊是我的父母想要跑過來擁抱我，另外一邊則是好幾個警察，包括那位胖胖的督察也跑了過來。此時，大家看到地面上那位警察的屍體，都露出了相當驚恐的神情。

不是我的錯，我沒有殺他，沒有……

「我沒有做什麼，我沒有……媽相信我，我沒有殺他……」

當我痛哭的時候，我爸用力地把我擁進他的懷中。我一直喃喃自語，已經失去了控制，我只想表明這位警察的死跟我沒有關係。

當我轉過頭看著剛剛坐著的長椅時，希麗察還坐在那裡，而它也正瞪大了雙眼看著我。頭髮上依稀可見一些血漬，而它惡魔般的眼神依舊犀利，看起來像是要跟我下戰帖挑戰，或是想跟我說：

「下一個就是妳！」

警察的死

只剩下十八天……

今天是假日，我待在家裡，不想和任何人說話，也不想提到任何有關在那棟廢棄建築物所發生的事情。我的父母嘗試要問我一些問題，是關於小露和那位警察的死，因為看起來似乎所有證據的關鍵都是在我身上。

不過，我並沒有被任何人懷疑是兇手，沒有人相信我會殺人。但是他們也一定會懷疑我和這些事，存在著某種程度上的關聯，畢竟這些事有部分也是因我而起。

從那時候開始，小川和小娜並沒有打電話給我，我們也沒有約見面。

如果再次見到小娜，我不曉得該怎麼面對她，畢竟小露是她最好的朋友，而這些事件看起來都是我的錯一樣。如果可以重回到那個時間，重回到我們見到來自六個死亡學生之一所擁有的書中的那張奇怪的紙。紙上有一句話：

「找到鬼魂！」

「小露！」我叫她。

我們正在泰文老師的休息室裡，等小川和小娜一起練習泰文詩。此時，老師並不在休息室裡。

「小露，來看看這是什麼東西。」

「什麼？」

我把從老師桌面上的盒子後方找到的一本書拿給小露看，那是一本手工書，是過去高中生所製作的，而這樣的書我們發現了好幾本。

「哇！好棒喔，可以做出這樣的書！」

小川和小娜也到休息室了，我們一起坐下來，打開那本手工書，一頁接著一頁翻，不時討論著書中所寫的內容。看完了一本，再換另外一本，直到有張紙從小川正在看的那本手工書中掉了下來。

「『找到鬼魂！』這是什麼東西？」

小川把掉下來的那張紙拿給大家，我們輪流看著紙上的內容。

「妳們看，這張紙上有一個汙點耶，看起來好像是血漬。」

「妳發瘋了吧！我覺得那是巧克力的汙點。」小娜笑說。

那個時候大家笑成一片。但是小露感覺有點納悶，於是她開始檢查這本手工書，並且看了書上所註明的名字。

「差猜，高二三班！」小露小聲地自言自語。「這應該是去年做的吧，我們去查查看關於這個名字的事情吧！」她接著說。

我們先到學務處去，那裡有所有學生的列表。而我們跟那裡的老師說，我們有很重要的事情，必須要查詢「差猜」這名學生。如果沒有騙他們，我想我們是沒辦法查到任何資料的。

小露坐著查看學生列表的文件，經過一段時間的尋找，才發現差猜現在應該是高三三班的學生。

「原來他在高三三班，但是這裡劃掉了他的名字。」

「他不在這間學校了嗎？」我問。

「我也不知道，我想我們到他們班問一問會比較快。」小娜建議。

「小露，高三三班妳有認識的學長姐嗎？」小娜接著問小露。

「沒有，不過沒有關係，我臉皮厚。」小露回答。

於是我們就前往高三三班，在那裡我們遇到一個學長，他高高的，戴著一副眼鏡，看起來斯文斯文的，不過當我們提到「差猜」這個名字時，他臉色驟變，看起來彷彿見鬼般。

「差猜，他已經死掉很久了……」學長說。

「什麼！」

「他上公車時被車門夾死了。」學長接著說。

「死了……」

後來，我們跑去問坤庫老師，也問了其他學生，才發現是一個遊戲導致差猜和他的朋友死亡。

那時我們聽到這樣的事情覺得很可笑，不過，現在我一點都不這麼認為了。

小露已經死了，而且沒有人知道她為什麼死、怎麼死。她死得一點徵兆也沒有，也沒有聽到任何慘叫聲。可能就像是坤庫老師提過的，是在很短的時間內死亡，才會有這樣的結果。

無論是什麼時候，死亡都可以找上我們，差猜學長也是如此。

但小露到底是怎麼死的呢？希麗察像殺警察般殺掉她嗎？為什麼希麗察要殺她呢？為什麼不等到這個遊戲分出輸贏呢？它怕我們會贏得這個遊戲呢？還是希麗察自己有訂下要

在二十一天內，要殺完玩這個遊戲的人的規則呢？

我抱著頭不敢再想。這已經不是遊戲了，我們沒有辦法贏這個遊戲，我們是為了等死來玩這個遊戲的嗎？只有等死嗎？只有等死亡來找我們嗎？這個時候，我後面的電話突然響了起來。

「小珠，幫忙接個電話。」我聽到媽媽的聲音從廁所裡傳出來。於是我拿起了話筒，接了電話。

「你好。」

沒有人回應。然後，突然有個刺耳的尖銳聲，讓我感覺很不舒服。

「誰啊？」

依舊沒有人回應，只有聽到沙沙的聲音，像是電視沒有訊號時的情況。接著我聽到東西掉到地板上的聲音，這個聲音和刺耳的尖銳聲交互出現。

「啪……啪……」

我記得這個聲音，很像是重物在地板上被拖行的聲音。還是……是有誰被拖動呢？

「咚！」

到底是誰呢？

「碰！咚！」

我把話筒緊貼耳朵，仔細聽了一陣子，但是依舊沒有聽到有人回答的聲音，彷彿是有人惡作劇一樣，一句話也沒有說。就當我要掛電話的時候，突然有個聲音從話筒裡傳出來。

「不要……不要……」

接著電話馬上就掛斷了。

「小珠，是誰打電話來？」媽媽走進來問我，手還放在褲子邊緣，看起來是剛剛從廁所出來的樣子。

「小珠，妳還好嗎？為什麼臉色那麼蒼白？」媽媽問。

我沒有回答，只是趕快離開客廳到樓上去。而剛剛的慘叫聲還在我腦海中迴盪不止。

我一定要去學校找老師，把所有事情的來龍去脈跟老師說清楚。

我伸手抓了制服襯衫，接著穿好裙子和襪子，急忙地跑下樓，到大門穿好學校的皮鞋，然後馬上出發前往學校。

在車站等公車時，心想希麗察是不是正在某處看著我，想著想著，我不禁打了個冷顫。而當85號的紅色公車來的時候，我想要趕緊跑上公車，但等著上車的人太多了，費了一番功夫才勉強擠上車。

我好不容易走上公車的第一層階梯，趕緊抓緊車門旁的扶手；當我走上了第二層階梯時，公車就立刻開走了。這時，突然聽到有人慘叫的聲音。

「啊！」

我轉過頭去，忽然有血飛濺到臉上，同時也弄髒了白色的制服。除此之外，還有不透明的不明液體噴到裙子上。

「啊！」

車上的人持續慘叫著，司機則是趕快煞車。大部分的乘客跑到了窗戶旁邊，想要看清楚車外被公車撞到的人的情況。他的身體被公車輾過，而公車的後輪則是壓住他的手臂。紅色的鮮血濺滿了整個地面，甚至快濺到前面那段灰色的粗糙道路，而且鮮血也飛濺到車門和車身上，染紅了一整片。

「不……不……」

我搖了搖頭，幾乎全身癱軟地坐倒在車門旁的階梯上，我用沾了血的雙手抱住了頭。此時，有一位阿姨和一位高高的姐姐走了過來，給了我一個擁抱。兩個人都安慰我說：「妳還好嗎？」

我的感覺遠比車上其他人要來得更強烈，我還記得坤庫老師對我們說過：「有時候人快死的時候，會有鬼出現。」

這時我轉過頭，突然看到蒼白的腿、舊舊的襪子和髒髒的學生皮鞋。我抬頭想看看這條腿的主人，然後就發現……

希麗察！

它坐在前面的位置上，靠近車門的地方，通道的這一側。而它的旁邊，靠近窗戶的位置則是坐著一個胖胖的女生。她正在注意外面所發生的這一場意外，完全不知道她旁邊有什麼東西存在。

我心裡不斷咒罵它，希望它永遠待在地獄裡，永世不得超生。也希望它像那個被殺害的警察一樣，狠狠地被砸到牆上，直到消失為止。

它冷笑著，看起來要讓我憤怒一樣。它的眼睛睜得很大，不斷地轉來轉去；伸出了手，看起來是要去抓身旁那個胖胖的女生，看到這邊，我嚇到嘴巴幾乎合不起來。但是它並沒有去抓那個女生，而是突然把窗戶的玻璃扯了下來。

「不要！」我心中暗叫。

「碰！」

用力切斷東西的聲音鑽進了我的耳裡，而看起來像是變魔術般的事情出現在我眼前，那位女生大大短短的手掉到了公車外面，而另一隻手也被切到幾乎要斷掉，傷口則是相當不平整。

車裡的人紛紛轉頭望向那邊，有一些人驚吼，一些人則是急忙收回伸出窗外的手臂，深怕一樣的事情發生在自己身上。外面圍觀的人越來越多，但車上的人則是十分恐慌地想要跑離這輛公車。

此時，我也跑出公車，而外面的圍觀者依舊露出驚恐的眼神，除了注視著我，也注視著眼前的一切。

「啊、啊，我的手臂！我的手臂！」

這時我才聽到那個胖女生的慘叫，心想會不會太慢了一點。

我在人行道上奔跑，經過了警察的巡邏哨，經過了一堆看著我的狗群，經過了一些路旁的建築工人，而他們不如往常般地開我玩笑，我想是因為制服上的斑斑血跡而嚇了一跳吧。

我持續跑著，經過了百貨公司，經過了便利商店，到了學校所在的那一條街道才停了下來，氣喘吁吁地站在一家當鋪前面。

但我沒有停留太久，接著直接跑到學校前面。學校門口有警衛，而在學校裡面，除了一些老師外，幾乎沒有其他人。

我從校門口的小門進去，警衛想要叫住我，但我一點都沒有停下腳步，直接跑進學校，先跑到四號大樓左邊的樓梯，再跑到三樓社會科老師的休息室，這時我才停了下來，但老師休息室的門是關著的。

沒有老師在休息室裡。

「有人在嗎？」

我不斷大聲地問著，儘管沒有人在裡面，我也不想停下來。

「有人嗎？」

我搖著鎖住的門，一直搖一直搖，眼淚也不自覺流了下來。

「老師、老師，請幫忙我。」

「小珠！」

突然伸出一隻手，握住我在搖門的手。

「請幫我一下，請幫幫我。」

「小珠，是我。」

我轉過頭，看到小川和小娜站在我後面。她們的臉色都很蒼白，看起來沒什麼精神，不像我那麼激動。我想她們沒有遇到像我遇到的事情吧。

「小娜，希麗察要抓我，它要殺我，它想要殺我們每個人。」我哭著說。

「小珠，妳聽著！這是件很重要的事情，我剛剛去找承辦小露命案的督察，但是那裡其他的警察跟我說……」小娜喊住我說。

我停止哭泣，喘息地說：「我知道……我知道……」

然後，我們三個人同時講出同一句話：

「他已經死了！」

猛鬼

已經第四天了，我們正用生命跟這個遊戲打賭。

在這個遊戲中，一定會有一些不尋常的事情發生。一開始我們以為只要贏了這個遊戲，就不會有什麼問題，一點都不曉得會有那麼可怕的事情發生。

現在事情已經不是一開始所想的那麼簡單，每一個跟我們有關係的鬼魂，正在跟蹤我們，試著要抓我們，當然也包括希麗察。

小露已經死了，我相信是某個鬼魂做的，但不確定是不是希麗察。不過希麗察確實已經殺了兩個人，一個是那位年輕的警察，另一位是那位胖胖的督察，都是和小露死亡這個案件有關的人。

我告訴小川和小娜，我在家裡接到怪電話的事情，她們覺得這通怪電話和督察的死有所關聯。另外，我也告訴她們，我親眼看到希麗察殺了那位年輕的警察。

「他被狠狠地砸到牆上嗎？那小露呢？她會受到怎麼樣的對待？」小川有點害怕地問，眼淚都快掉下來了。

我搖了搖頭，沒有人知道小露究竟發生了什麼事。

「希麗察。」小娜憤憤地說，哭得紅紅的雙眼睜得老大，看起來十分生氣。她接著說：「那個女鬼一定知道，它一定知道小露是怎麼死的，一定是它殺了小露，它殺了小露！一定是它！」

「它殺了小露！」

「小娜冷靜點，不要這樣。」

小娜開始用她的雙手扯我的頭髮，她把我當成希麗察一樣。接著，她用右手緊緊抓住我的頭髮，左手的指甲則是狠狠地從我的臉抓了下去。

「一定死！一定得死！」

「小娜！她是小珠！」

小川大叫，她嘗試要拉開小娜，但是她的力氣太小。現在的小娜已經不是我過去所認識的小娜了。

「哎唷！」

我跌倒在老師休息室前面的地板上，這時小娜壓在我的身體上面，她一手掐住我的脖子，另一手則是不斷打我，彷彿我是她的仇人一樣。她持續用左手的指甲在我臉上刮出了幾道痕跡，而她的指甲上也沾上了紅色的鮮血，右手則是抓著我的頭去撞地板上的磁磚。

我感覺到頭越來越暈，小川的慘叫聲也越來越聽不清楚，而小娜的吼叫聲也慢慢消失。

「不要，小娜不要這樣！」

突然間，我又可以聽到所有的聲音了，但是在我臉上的小娜的手不見了，只看到小川和小娜跌坐在我旁邊，這時小娜伸手推了小川一下，轉過頭來看著我。

「妳這個猛女鬼，惡鬼！」

我雙手撐地坐了起來，忽然小娜朝我跑過來，伸出雙手想要抓住我，看起來要到我失聲尖叫才肯罷休，同時，我聽到了幾聲熟悉的詭異笑聲。

「不！」

我的身體突然失去平衡，往後傾倒，我和小娜一同從樓梯口摔了下去，身體不斷和臺階碰撞。這時我突然感覺到頭皮一陣劇痛，像是有人用刀子割我的頭皮一樣，小娜把我的一撮頭髮扯了下來。另外，背部和頭也因為和臺階相撞的關係，讓我覺得相當疼痛。而這樣的情況，直到我們滾到樓梯盡頭才停了下來，此時我們兩個人都已經傷痕累累。

我趴在小娜的身體上，頭、手腳、身體無一不感覺到疼痛，而臉上的傷口，則是流出一滴滴的鮮血。

我抬了抬頭，看到前面有一片大大的玻璃。原本我應該在玻璃上看到自己的樣子，但我卻看到了希麗察的樣貌。

玻璃裡的它也注視著我，而這看起來像是我自己的幻想，但我確實看到了這個畫面。它的臉是腐爛的，樣貌凶惡，蒼白的嘴巴露出了冷冷的詭異微笑，它的眼神看起來要把我活剎生吞才甘心。

我現在才發現，原來小娜說的猛女鬼，是我……

「小珠、小珠、小珠，妳還好嗎？」

小川站在上面的走道，她傾著身體想要找我。當她看到我的時候，卻沒有嚇一跳的感覺，我覺得有點困惑，因為在玻璃裡的我是……

我又轉頭看了那片玻璃，但這次看到的是我真正的樣子，臉上都是被抓傷的傷口，有血慢慢流了下來，頭髮很凌亂，看起來相當狼狽。

又變回真正的我了，但是本能告訴我，如果繼續玩這個遊戲，我沒有辦法真正回到以前的樣子。就像小娜有所改變，也是因為……

一百個鬼魂的遊戲。

坤庫老師

我們所看到的鬼魂，加起來還不到二十個，但是前幾天所發生的事情是如此的慘痛，似乎沒有任何贏的機會。現在只剩下十八天了，而且再過一個鐘頭，就只剩下十七天了。

四天前，我們經歷過很多事情，但那個時候有小露在一旁支持著我們，她總是可以告訴我們下一步該怎麼做。而現在我們已經失去她了。

我怕……如果我們繼續玩這個遊戲，大家會慢慢步向死亡，或是我會……死。

我關上了房間的燈，坐在電腦前面，眼睛一直盯著螢幕，隨意上網瀏覽。媽媽可能已經睡覺了，而爸爸還沒有從辦公室回來。時間慢慢過去，我依舊托著下巴看著電腦螢幕。

從小露死亡的那一天起，事情並沒有什麼進展，不曉得小娜和小川還要去哪裡找鬼魂。我們決定下星期一要去學校找坤庫老師，要把所有事情的來龍去脈跟老師說清楚，並且順便告訴他關於小露葬禮的相關細節。

房間裡悶悶的，看起來快要下雨了，黑色的烏雲慢慢掩蓋住掛在夜空上的月亮。過了一下下，雨滴從空中落了下來。

我走到窗邊準備關上窗戶，在那裡我聽到雨水撞擊窗戶玻璃的聲音。關窗戶之前，可以聞到下雨時來自地面的氣味，但奇怪的是，在這樣的氣味中，似乎混雜著拜拜用的香的味道。

第一時間想到的是媽媽在點香，所以我走出房間，要到樓下去看看。此時客廳黑黑暗暗的，只有街道上路燈的燈光透了進來。

我想要打開客廳的燈，但試了很多次都沒有辦法打開，於是我就放棄了，決定直接走到客廳裡供奉佛像的架子前。

但並沒有看到任何香插在香爐裡，香爐看起來熱熱的，可能媽媽剛剛把祭拜過的香丟掉。

「算了。」我呢喃自語，接著轉頭要走回房間。

「轟隆！」

突然打雷了，同時我看到希麗察站在窗戶外面。這時所有僅剩的光線突然消失，只剩我站在這一片漆黑的環境之中。

涼涼的微風從客廳的窗戶吹了進來，我慢慢走近窗戶，想要把這扇窗戶關起來。

剎那間，有一隻灰色腐爛的手從上面伸了下來，抓住了我的手腕。

「啊！」

我嚇了一大跳，趕緊把手縮回來。此時我的本能告訴我要往上看，有個熟悉的身影，是一個小妹妹，我不太確定在哪裡曾經見過她。她的脖子被線綁住，懸掛在半空中，而那條線的源頭則是隱沒在黑暗之中。接著，我看到她扶著房子的外牆慢慢往下爬，另一隻手則抓住我的手腕。

「幫……幫我。救……救命！」

我想要大聲呼救，但聲音似乎卡在喉嚨裡，一點都叫不出來。當我一靜下心，立刻抓住窗框，把窗戶關了起來。

「碰！」

「啊……啊……」

她抓住我手腕的一隻手臂，硬生生被窗戶切斷，而她的身體掉落到地面上，接著她用僅剩的另一隻手，用力敲打著窗戶，看起來像是已經發瘋的人一樣。而我則是嘗試著要把她抓住我手腕的那隻手拉下來。

「轟隆！」

這時有一道光線照進客廳，我看到希麗察站在客廳的大沙發後面。在黑暗中，我只看到它蒼白的臉與凌亂的頭髮。

「妳……快從我家出去！」

它並沒有任何回應，於是我拿了身旁的東西用力丟向希麗察，但東西卻穿過了它的身體，然後希麗察就突然消失不見了。我再也壓抑不住自己的情緒，大叫：「妳在哪裡！」

「轟隆！」

希麗察突然又出現在客廳門口，看起來它是想要跟我玩什麼似的。它露出詭異笑容的嘴巴越來越大，越來越大，嘴角幾乎要撕裂一般，而它的眼睛也是越來越大，大到眼珠子都快要掉出來。

妳要跟我這樣玩嗎？我心想。

「玩的人少一個。」

希麗察喃喃自語，接著慢慢閉上它腐爛的嘴。

「少一個人，妳們要補齊才可以。」

「妳不要管我們。」

「不！妳們少了一個人，這樣不行。」

我不太了解它說的是什麼意思，不過在希麗察後面，突然有很多我們曾經見過的鬼出現，像是樓梯的鬼、廁所裡的鬼、廢棄建築物裡的鬼，但有一些鬼魂是我沒有見過的。

「鈴……鈴……」

電話突然響了起來，我嚇了一大跳，轉頭去看電話。而此時客廳裡所發生的一切全都不見了，似乎沒有任何事情發生過，切斷小妹妹手臂的窗戶邊緣也看不到任何遺留下的痕跡。

我接起了電話

「你好。」

「小珠、小珠，妳還沒睡嗎？」

「是啊，你是誰，小川嗎？」

「對，小娜剛剛打電話給我，說有很重要的事情，要我們現在到學校見面。」

「現在嗎？」

「快一點，她的聲音聽起來很驚慌。」

「好、好。」

我趕緊掛上電話，跑上樓換衣服，鎖上大門後，接著就往學校出發。

外面的街道很黑，我知道這個時間不該一個人出門。而在我家附近有一間賣粥的店，是二十四小時營業的，還有便利商店也依舊營業中。

我跑到公車站等公車，剛好有紅色的公車開進站來，車上約略有一半的乘客，於是我趕緊上了車。

學校所在的那條街道又黑又靜，附近不時傳出女生被強姦的消息，而且周遭也有一些較低俗的汽車旅館，但靠近廟和學校是不應該有汽車旅館的，可是又有誰會管呢？在這個年代，很多事情都滿無奈的。

此時學校裡一片漆黑，沒有半個人在，警衛也已經回家去了。學校側邊有一座矮牆，於是我慢慢爬過那座牆進到學校裡，腳下都是樹枝和落葉，我才發現我人是在學校男生廁所後面。

「喔，好臭喔。」我自言自語了一下，就趕快離開這個地方。

這間男生廁所位在泰國傳統音樂練習室旁，前面是一片空曠的土地，在這上方，則是連接一號大樓和二號大樓的空橋。如果有人想看看男生廁所發生什麼事，那我想一定要從這座空橋走過才行。

我是瘋了嗎？這樣的時間還在想這些亂七八糟的事情。

小川和小娜已經站在大大的雞蛋花樹前等我了，樹下有一些桌椅可以供人休息。但是奇怪的是她們並不坐著等，而是站在那裡。

「不好意思，我遲到了。」我一邊跑向她們，一邊說道。到了樹下之後，我邊喘氣邊問：「小娜，到底有什麼事情？」

小川和小娜一看到我，就嚇一跳似地往後退了幾步。

「沒……沒有……」小川搖了搖頭，接著問：「小珠，有誰在妳後面嗎？」

咦，有誰在我後面嗎？

「沒有啊，我是一個人來的。」我回答。儘管如此，但我有感覺到在我後面確實有什麼東西存在。

是誰跟我來？我想現在只有一個人會跟著我來，那就是希麗察！

我轉過頭去，順勢揮出手肘，希望可以打到在我後面的東西。但是我看到的卻是一個強壯的中年男生，他的頭髮剪得短短的，穿著襯衫，表情看起來很擔心，沒有什麼活力。

「啊！」

那是誰呢？那個男生是警衛嗎？為什麼我覺得他很熟悉，似乎曾經在哪裡見過他。而且現在他看起來似乎是不會動的，只是站在那裡。

啊！我知道了，我在影音室看過他的照片。

「老師！」

我突然喊叫出來，往後退了幾步，這時這個男生慢慢看著我，他張開了嘴巴，看起來要說什麼，而這時突然有人跟那個男生打招呼：「老師，您好。」

那個鬼魂轉頭看了我的右邊，接著他點了點頭，然後就轉頭往後走，消失不見。

那個聲音很熟悉，我回頭去看那個聲音的主人。

坤庫老師朝我們走了過來，他的手上拿著手電筒，神情看起來很冷靜，也沒有對我們那麼晚還來學校感到生氣。但從他深咖啡色的眼珠裡，可以感覺到他很嚴肅。

我們三個人都保持沉默，因為我們知道，那麼晚還跑來學校是不對的事情。

「老師……」

我想起來剛好有事情要跟老師說，而也就是為什麼我們三個現在會聚在這裡的原因。

「妳們來這裡做什麼？」老師問，同時也用手電筒的燈照著我們。

「老師，我們……我們……呃……」小川結結巴巴地說。

「我一開始就應該知道妳們想要做什麼，一切都是我的錯，我不應該告訴妳們那件事情。」老師嘆氣地說。

「老師也知道嗎？」小娜問。

「我剛剛才知道，但是當我知道的時候已經太晚了，為什麼一開始不跟我講呢？」老師回答。

「老師怎麼知道的呢？」

「小露來找我，是她告訴我的。」老師解釋。

「妳們知道嗎？如果一開始就跟我說，就不會有人死掉了。」老師接著說。

「對！小露也來找我。來這裡之前我見到她，所以我才趕緊打電話告訴大家來這裡集合。另外，小露要我也請坤庫老師來這裡，因為她幾乎要忘記所有的事情了，而且快要變成這個遊戲漩渦中的一個鬼魂，再也沒有辦法離開。」小娜說。

「小露的死，會讓妳們無法完成這個遊戲。另外，妳們看到幾個鬼魂了？」老師說。

「大概二十個吧。」我算了算。

「太慢了，如果還是那麼慢，妳們一定會輸掉這個遊戲。而且玩這個遊戲的人一定要有四個，必須跟一開始一樣，如果少了一個人是沒辦法完成的。更不用說在遊戲的最後，要把錢幣翻轉回來時，也是需要有四個人才可以。」老師說。

「老師，我還在懷疑一件事情。」我舉起手問老師，看起來就像是在課堂上上課一樣。

當老師點頭示意我可以說的時候，我問：「誰殺了小露呢？」

誰殺了小露

……我是小露，

現在我還是小露，

但是之後我會變成誰呢？

沒有人知道。

我們現在在廢棄的建築物裡，這時已經是遊戲開始後的第三天，我們正在玩捉迷藏。

「聽說抱著一隻黑貓來玩捉迷藏，應該也會滿不錯的！」小珠說。我們正在幫忙小娜用黑布蒙住眼睛，小娜自願要當找人的鬼，而其他人必須躲起來。

「我已經試過了，沒有用！」我大聲回答小珠。

「小露，如果像妳說的那樣，那我也想抱著一隻黑貓來玩這個遊戲。」小娜說。聽起來似乎是在嘲笑我，不過我也不管那麼多了。

在小娜蒙好眼睛之後，我把雙手放在她的肩膀上面。

「妳開始從一數到十三，不要再開玩笑了，數到十三之後就可以開始找人了，但記得不論遇到什麼，都不可以大叫。」把小娜推到柱子之前，我先警告她。

「哎唷！好痛！」小娜說。「拜託推小力一點！」

「我要走了，祝妳幸運。」

「不要忘記關手電筒。」我再提醒大家一次。

小娜開始從一算到十三，而我就安靜地跑去廁所裡，我覺得最近的地方就是最好的地方，我想其他人一定會跑上二樓躲起來。

這次玩捉迷藏的目的不是為了好玩，而是因為我們必須要在期限之內看到一百個鬼魂，所以才嘗試這個看到鬼的方法。

我不害怕之後會遇到怎麼樣的鬼，因為我不像小川那麼恐懼，而且我知道，人總有一天也會變成鬼的，這並不是什麼特別的事情。奇怪的是，大家就是會害怕之後每個人都會變成的東西。

我躲藏的那個廁所很老舊，當然啦，這裡是廢棄的建築物嘛，已經好幾年沒有人住在這裡了，而且我調查過，這裡過去死過很多人。

有一些人是被殺死的；有一些人是被火燒死的；有一些人是被吊死的；有一些人是跳樓死的。

我側著身子從半掩的門口鑽了進去，廁所裡很悶，還有許多又髒又舊的汙點，角落充斥著蜘蛛網，依稀可見幾隻蜘蛛在上面爬來爬去。另外，地板上的磁磚上有許多水漬與黑色的腳印，還有一些磁磚已經破裂不堪。

我沒有把門關起來，但是把手電筒的燈關了起來，我想小娜不會知道我躲在這裡。而且如果在晚上玩捉迷藏，越晚被找到會越好玩。

但是在這間廁所裡……

「十二、十三，齁，真是的。」

我聽到小娜小小的抱怨聲。

「用黑布蒙住眼睛，要怎麼找到人。」

看到小娜抱怨無助的樣子，我幾乎忍不住要笑出來了。就算現在小娜把黑布拿下來，她也不會看到我的。

水泥地板上滿是灰塵。我聽到小娜穿著拖鞋發出的腳步聲，說不定她現在正在找樓梯的扶手，要到二樓去抓另外兩個人。

我慢慢蹲在地板上，覺得不太舒服，但是也沒有恐懼或是全身發冷的感覺。如果朋友們都像我一樣，沒有那麼害怕，一定可以看到更多的鬼魂。特別是小娜，她不算是靈異體質，所以無論嘗試各種看到鬼的方法，她都幾乎沒有看到。

但是小珠是有靈異體質的，她可以看到希麗察和樓梯的鬼，而且她最近又看到了一次希麗察。

我對希麗察也滿有興趣的，為什麼它會變成鬼？為什麼它要自殺？而又為什麼它要讓我們跟這些事情扯上關係呢？甚至它現在開始干預到我們的生命。

「啊！」

上面傳來慘叫聲，而且似乎有重物掉到地板上。

我傾著身子想要看看外面的情況。外面的鐵門依舊是開著的，但相當昏暗，只有微微的光線從鐵門外透了進來。

「啪！啪！」

好像有什麼東西在地上爬……

「咚！咚！咚！」

突然有個東西從二樓的樓梯滾下來，我嚇了一跳。接著，它滾落到一樓的樓梯下方，仔細一看，那是一個人的身體，上半身穿著低領七分袖的衣服，下半身則是穿著一件裙子，但我看不出來是什麼顏色，而且上面似乎有一些汙點。

我一直注視著那個詭異的身體。

這個身體慢慢地在地上爬來爬去，看起來像是烏龜一樣。但它突然改變了一個姿勢，以迅雷不及掩耳的速度朝我跑來。

這時我可以清楚看到它裙子裡面的腐爛小腿和受傷的腳踝。它走起路來歪歪斜斜的，加上一隻看起來不太方便的手，就像是一個行動不便的殘障者。

但我沒有那麼多時間來思考它的外表，因為它很快就跑到我的面前，這時我有了一個從來不曾有過的感覺，那就是「害怕」。

此時我本能地想要關上廁所的門，但是就在一眨眼的時間，那個在地上爬來爬去的身體突然消失無蹤。

就這樣突然消失嗎？

「那是什麼東西……」

我一邊說，一邊還感覺到餘悸猶存。心跳跳得很快，快到我幾乎沒有辦法做其他事情。但也還好跳得很快，才能把新鮮的血液送到大腦，讓我可以繼續思考。

「啊！」

樓上又傳來一次慘叫聲，於是我從廁所裡走出去，想要上二樓看看到底發生了什麼事情。突然間，我聽到廁所裡有奇怪的聲音，而樓上則是傳來吵架的聲音。

基於我不想先被找到，所以我決定先躲回廁所裡。我想躲在樓上的人，應該都被小娜找到了吧！我有聽到小珠的聲音，如果小珠被找到了，那小川也一定被找到了，她們應該會躲在差不多的地方。我一邊想一邊把手電筒放進褲子的口袋，接著走進了廁所。當我一走進廁所，就看到剛剛那個詭異的身體已經在那裡等我了。

廁所裡相當昏暗，以至於我幾乎無法看清楚那個身體。依稀可見它的脖子扭曲變形，頭上只有幾根黑色的頭髮，整個身體歪七扭八，看起來就像是恐怖電影裡的場景一樣。

「當那些鬼魂出現時，我害怕到全身顫抖，感覺好像快死了一樣。」小川說。

「小川，妳看到幾個鬼魂？」小珠問。

「大概看到十個。那時我聽到小川的慘叫聲，就開門進去看，之後發生的事情就非常精彩了。」小娜幫小川回答。

「瘋了，我們真的是瘋了！我們看起來好像是奇怪的人。」小珠小聲喃喃自語。

「但是今天算是很成功的一天，如果沒有那些掐住我們脖子，或是要我們幫忙帶它們出去的鬼。」小娜說。

聽到外面小珠、小川和小娜的對話，我就不想繼續躲起來了。但是那個詭異的身體很快地撲到我身上，這時我可以清楚看到它扭曲的脖子、腐爛的臉和睜得老大的眼睛。

怕的感覺……怕的感覺……我突然有了害怕的感覺……

「不要！不要！」

我大叫了一聲，想把它推出去，但是那個身體緊緊地抓住我，一點都不想放開我。我感覺到它的身體是冰冷的，包括它那腐爛的身體和嘴巴。

我轉過身去，用手抓住了門的邊緣，嘗試逃出這裡，但是我的腳卻無法移動。而外面的她們似乎聽不到我慘叫的聲音。

「小珠！小珠！幫幫我！」

沒有人聽到我的聲音，大家正從樓梯上面走下來，一邊走一邊聊天。

「喔！我有看到小露跑進去那間廁所裡面。」小珠指著那扇半開的廁所門。

「小露，出來吧！裡面很黑！」小珠接著說。

小娜用手電筒照在我的身體上，但是她沒有看到我，小珠也一樣，她也沒有看到我。

「小露！」

小珠叫了我的名字，她的手伸了進來，幾乎快碰到我的身體，但是「碰」的一聲，門突然關起來，把我和朋友們分開。

「小露，不要再玩了！」

小娜叫著我。

我並沒有在玩，但是我沒有辦法出去，幫我……幫我……

「小露、小露。」小珠小聲地呼喚著我。

「幫我！小珠！幫我！」

我知道現在她們已經聽不到我的聲音了，看起來我們是在兩個不同的世界。

「小露，我們要回去囉！妳就快點出來吧！」小川說。

外面沒有什麼聲音了，大家都在等我出來。

「小娜，關於捉迷藏這個遊戲，還有什麼其他的規則嗎？」小珠問小娜。

「什麼東西？」小娜說。

「我是指除了要抱一隻黑貓，還有什麼其他的規則嗎？」小珠問。

「怎麼了嗎？」小川靠近她們，加入討論。

小娜皺了皺眉，突然大叫說：「對了，不可以在晚上玩捉迷藏，要不然鬼會帶你去躲起來！」

「小露！」

我是小露……

我是小露……

我是……誰？

「小露！」

「不要！嗚……不要……」

「小娜……小珠……小川……我在這裡！」

第四個賭注

雞蛋花掉到地板上，我拿起來聞了聞，而在我對面的小娜，則是掩著臉坐在那裡。花掉下來，像是要安慰我們，像是知道我們的鬱悶……

我納悶，小露現在還跟我們在一起嗎？她還在這個世界嗎？還是她已經去另外一個世界了？

坤庫老師雙手交叉放在胸前，翹著腳坐在樹旁的椅子上，他似乎正在思考一些事情。

由於最近太過混亂，我不曉得老師是不是已經跟我們說過，關於小露死亡的所有事情，但是我相信小露已經把所有事情告訴老師了。至少現在我們知道，殺害小露的鬼魂並不是希麗察，而是在那間廢棄建築物裡自殺的鬼魂。

對我們來說，是誰殺了小露已經不重要，無論如何，小露都沒辦法回到我們身邊了，而且我們也沒有辦法抓到殺害小露的兇手，因為它是來自另外一個世界的東西。

「老師。」

我呼喚老師，他抬頭起來，眼睛看起來很沒精神，彷彿被黑色的窗簾所蓋住。過了一會兒，老師才緩緩地問：「小珠，有什麼事情嗎？」

「老師告訴我們關於玩這個遊戲所需人數的事情，意思是指必須要有人來代替小露，讓人數保持在四個人，遊戲才能夠完成嗎？」

「是的。」

「希麗察也來找過我，它也是這樣說的，告訴我人數不夠。」我繼續說。

「因為那個是玩這個遊戲的規則。」老師說。

「如果要玩這個遊戲，表示一開始妳們就把靈魂當成賭注了，所以小露的死亡會影響這個遊戲的進行，而不論最後的輸贏，都一定要有人來代替小露才行。」老師接著說。

小娜抬起頭來，她的臉看起來濕濕的，不知道是淚水還是汗水。她接著問：「老師，你一開始就知道這個遊戲很危險？我們一定得用自己的靈魂來當成賭注嗎？」

「我記得我一開始就跟妳們說過了，不是嗎？」老師說。

「關於之前死亡的六個學生，老師也知道他們發生什麼事，是不是？」小川問。

「是，我知道。」老師仰望著夜空。這時天上的月亮只能看到一半，而且也看不到星星。

「那個同學，差猜的女朋友，她也來找我請教關於這個遊戲的事情。」

「我知道他們晚上要去做什麼，一開始我以為他們只是玩玩錢鬼的遊戲。我也跟著他們去那間廢棄的建築物，不過我並沒有參與遊戲，也不了解他們的真正目的是什麼。在玩的時候，他們看起來像是不同世界的人一樣。」

「他們玩的時候，妳跟他們在一起？」老師問。

「是的。」

「那麼那間廢棄的建築物在哪裡？」

「在我們學校附近的那條小街道上。」

「事情是怎麼樣的呢？」

「他們開始玩的時候，我坐在他們所圍起來的小圈圈外。一開始他們等了很久，那枚錢幣才開始移動。差猜告訴他的朋友們，不要自己去移動錢幣，要不然鬼魂會跑進你的身體裡，所以沒有人敢移動那枚錢幣，而是讓它自己移動。」

「這時我探頭過去，想看看他們玩的情形，不過當我看的時候，錢幣是沒有移動的，而且我也聽不到他們講話的聲音。老師，好奇怪，為什麼我聽不到他們講話的聲音呢？而且我看到他們的手指有在移動，但錢幣卻是停留在原來的地方。我有試著提醒差猜，但是他一點都沒有要理我的意思。」

「於是我就回到了原本坐的位置等，那個時候我很害怕，而且這間廢棄的建築物裡又暗又黑，現場只有他們點燃的蠟燭所發出的微弱亮光。這時我緊盯著自己的腳看，我不敢看窗戶或是門口的情況，甚至也不敢去看差猜，我真的很害怕……」

「小薇，放輕鬆。」

「當我轉頭再去看差猜，我……我……我就看到有個女生坐在他們後面，她伸出了一隻蒼白腫脹的手，把手指放到差猜他們的手指中間，牽引著他們的手指動來動去。」

「那是他們所召喚出來的鬼魂。」

「然後他們就突然說了一句話，我聽不太清楚，但是這是在全部過程中，我唯一有聽到的一句話，他們說……」

「找到鬼魂！」坤庫老師說。

「從那個時候開始，差猜看起來就像是身陷死亡遊戲的迷宮，他沒有辦法離開這個遊戲，越陷越深。」

「差猜，我不是告訴你不要玩這個遊戲嗎？為什麼你不聽我的話。」

「小薇，妳是我媽媽嗎？不要管我。」差猜回答。

「這是一個多麼可怕的遊戲！我看到的一些情況是你沒有看到的。那天晚上，我看到你們玩錢鬼的遊戲，但是那個錢幣卻是一點也沒有移動，而且最後你們還把那枚可怕的錢幣收起來。」

「那是遊戲的規則，我一定要保存這枚錢幣。你等著看，我會贏這些鬼的。」

「差猜不要，那實在太危險了，坤庫老師也說過。」

「對了，妳們是誰保存那枚錢幣呢？」坤庫老師突然問我們。這時我轉過頭去看小娜和小川。

「錢幣在哪裡？」

「不在我這裡。」小娜搖頭。

「錢幣在小露那！」小川突然大叫，她看起來嚇了一大跳。

「誰收了這枚錢幣，將會發生不幸的事，差猜你把它埋到沙裡。」

「這枚錢幣嗎？」

「你把這枚錢幣從布裡面拿出來吧！」

「你瘋了嗎？你知道這塊布是從北標府廟旁墳地拿來的嗎？」

「趕緊拿出來吧！」

「妳到底要幹什麼？如果沒有了這枚錢幣，我們沒辦法完成這個遊戲。」

「差猜，聽我的話吧！這枚錢幣會帶來不幸，它就像是和鬼溝通的橋梁，如果它們知道是你保存這枚錢幣，就會不斷來找你。」

「好啊！我已經等不及要看到鬼了！」

「後來，當然遊戲還沒有完成，差猜就已經死了。」坤庫老師說。

我接著問：「如果錢幣會吸引鬼魂，那為什麼我沒有收著它，但我卻比其他人更常看到希麗察？又為什麼希麗察要跟著我？」

坤庫老師看著我，他沒有給我任何答案，那個答案似乎太可怕了，老師不想跟我說，而只是搖了搖頭。

「那其他玩的人呢？」小川問。

「喂！你知道嗎？差猜已經死了！」

「怎麼會這樣，我們還沒有找到一百個鬼魂啊！」

「誰知道啊！而且那枚錢幣也不見了。」

「這樣也好，我們就不用玩這個可怕的遊戲了，而且也不用去找那些鬼魂了。」

「但是，現在我無論去哪都感到心神不寧。」

「我也是，有時候我會在鏡子裡，或是從我的眼角看到怪怪的陰影，真奇怪。」

「兩個禮拜之後，他們算是已經輸了這個遊戲。和差猜一起玩的朋友，一個接著一個死去，直到只剩下最後一個人。而小薇就帶著那個人來找我。」坤庫老師說。

「老師，這是差猜的朋友。」

「老師，我應該怎麼做呢？有恐怖的鬼在追我，想要殺我！」

「小邦，放心。想要抓你的鬼是誰？」

「它叫做希麗察，是這裡以前的學生，老師請幫我。」

「我不知道要怎麼幫你，不過我會試著跟它溝通。」

「老師要跟希麗察溝通嗎？」

「是的，小薇。我要跟它談一談。」

「然後我就試著去找希麗察溝通，但它太難找了，也不出來跟我見面。我不知道它是在哪裡死的，也不知道它是怎麼死的。」坤庫老師對我們說。

「它是自殺死的！」小娜說。

「無論如何，我們也要知道它的屍骨在哪裡。」

「對了，小邦後來怎麼樣了呢？」我問。

「現在他活得很好，沒有什麼問題。我試著幫他，建議他去做一些好事，另外也建議他去廟裡給希麗察拜拜。因為是他們請它來一起玩的，希麗察本來也是存在於它自己的世界裡，是他們打擾了它。」

「另外，我不知道它是什麼時候死的，說不定，它比我更早存在在這裡。」老師接著說。

「那誰是第一個玩這個遊戲的人呢？」小川問。

坤庫老師遲疑了一下：「應該不是希麗察，我覺得不只希麗察知道這個遊戲。我小時候玩這個遊戲時，又是另一個鬼魂了。」

老師突然停了下來，閉上了眼睛。我們一直在等他的答案，但他的回答卻是：

「它在附近！」

「什麼東西？」

我馬上站了起來，小娜也跟著我站起來，坤庫老師也跟我們站在一起。暗暗的月光讓我們看不清楚周遭灰暗的情況，我感覺四周皆是鬼影幢幢，心裡不禁害怕了起來。

老師伸開了雙臂，試著要保護我們，同時我看到老師的嘴巴念念有詞，應該是某種咒語或是佛經之類的。而在我們所在位置的另一邊，我看到了不清楚的陰影，正站在傳統泰國音樂教室前面。那個陰影越來越清楚，清楚到我可以看到它的輪廓，而且它穿過涼亭和籃球場，慢慢朝我們移動。

現在我可以清楚地看到它，應該就像它也清楚看到我一樣。

「不要碰到我的學生。」老師十分嚴肅地說。

「規則就是規則，遊戲就是這樣，玩的人數不能少。」

希麗察走到我們面前，讓我們可以更清楚地看到它。這時我緊緊抓住了老師的襯衫，只敢從老師腋下的空間看著站在月光下的那個鬼魂。

「她死了，一定要有新的人來代替她。」

「老師……」

「希麗察離開一點，不要靠近我的學生。」

「人不夠，我要跟你們打賭，第四個賭注。」

「第四個賭注是什麼東西？」小娜問。

小娜抓住了我的手臂。因為現在除了希麗察外，我們看到了很多鬼魂，像是在頂樓上、窗戶上，還有在走廊上等。

「它需要有人來代替小露。」坤庫老師回答小娜。

「那誰是第四個賭注呢？」

我一直看著希麗察的嘴巴動來動去，而且聽到它那沙啞的聲音。

「第四個賭注是誰？」

「是我，我會把這個遊戲完成。」

希麗察露出了極為難看的笑容，然後突然消失不見。這時小川終於無法控制自己的情緒，全身發抖並且癱軟在地上，坤庫老師看到這樣的情況，趕緊把小川拉了起來，我清楚地看到老師臉上嚴肅的神情，也感受到老師此時充滿了無力感。

「老師要跟我們一起玩這個遊戲嗎？」小娜問，感覺她像是燃起了一線希望。

「我不應該告訴妳們如何玩這個遊戲，現在該是我付出代價的時候了。」老師回答。

「但是老師小時候也曾經玩過這個遊戲，那一定會知道要怎麼贏希麗察。」我說。

「小珠，但是那時我並不是和希麗察玩啊，之前我是跟其他鬼魂打賭，而且那個時候有很多人幫我。」坤庫老師露出了苦笑，他似乎不太想提到這件事。

「然後呢？我們應該要怎麼做？」小川嘆氣問道。

「妳們先去小露家裡，試著把那枚錢幣拿回來。」老師回答。

老師抬頭看著夜空，而現在月亮被烏雲所掩蓋著，因此，照射在老師臉上的月光慢慢消失不見。

「我要保存那枚錢幣。」老師說。

關於小邦

今天是星期一，我正常到學校上課。而今晚是小露的葬禮，我們也已經知會過坤庫老師。但是直到現在，其他同學都還不知道小露是怎麼死的。

學校裡流傳著，小露是摔落樓梯導致頸椎斷裂而死。

但這不是事實，警察也無法抓到殺死小露的人。另外，坤庫老師跟我們說，關於這個遊戲的所有事情，請我們務必要保密，不可以告訴其他人。雖然有很多同學跑來問老師關於這個遊戲的事情，不過老師也沒有告訴他們。

到了現在，這個遊戲已經在學校流傳開來，也引起了廣大的討論，甚至有人覺得小露的死和這個遊戲有極大的關聯。

但我想，或許只有一半的關聯吧！那些人不知道其實這個遊戲還沒有真的結束，而且坤庫老師也加入了這個遊戲。

現在我們在科學實驗教室裡上課，大家都十分專心聽講，沒有人在聊天，但是我一點也沒有聽懂老師上課的內容。

我坐在小娜旁邊，對面是小川，我們三個人都安靜地坐著。此時，突然有兩個不知道從哪裡來的同學，跟我們坐在同一張桌子，他們嘗試要問我們小露死亡的情況與我們的感覺。

當然，我們三個人並沒有告訴他們真相。

我想知道，為什麼我們現在還要留在這裡聽生態學？為什麼要知道什麼是食物鏈內的角色關係？可能過了幾天，我們就會死掉也說不定，那我們幹嘛要知道這些事情呢？

七天之後，我們會像差猜和他的朋友一樣死去嗎？

對了，朋友！

「小娜、小川。」我小聲地叫她們兩個。

「妳們還記得有一個差猜的朋友找過老師嗎？而且老師還救了他一命。」我接著說。

「記得啊，怎麼了嗎？」小川問。

「妳們還記得他的名字嗎？」

「好像是……我不太記得耶。」小娜說。

「老師要跟你們講一個故事。」當老師發現都沒有人聽他上課時，他說出這句話，打斷了我們的對話。

「你們知道嗎？人的生命是很無常的。好幾天之前有個同學死掉了，我忘記是哪一班的，是你們這班嗎？」

班上大部分的同學都回答老師，那位同學的確是這一班的學生，而此時小娜張開了嘴巴，一副欲言又止的神情。

「就是摔落樓梯死掉的那個人啦，你們看，幾天前還可以看到她，但現在她卻已經死掉了。因此，明後天還會有誰遇到不測也說不定，所以我們一定要好好安排剩餘的生命。」老師接著說。

「碰！」這時小娜突然站起來，她的椅子翻倒到地上。

「小娜，冷靜點。」我試著拉住她的手臂安撫她。

「有什麼事嗎？妳……」老師看起來在想小娜的本名是什麼。但是小娜沒有等到老師叫出她的名字，她就跑出教室了，沒有穿鞋子，東西也沒有收。全部的同學都看著她跑出去，但連老師也不了解為什麼她會有這樣的舉動。

這時我也站了起來，請求老師讓我和小川去找小娜。接著小川就拿著小娜的鞋子，跟著我一起跑了出去，不過我們也不知道小娜到底跑去哪。我想她或許會去廁所，所以我們打算先往廁所的方向前進。

「小珠，小娜她怎麼了？」小川一邊跑一邊問我，她看起來有點喘。

「我也不知道，可能她不喜歡老師提到小露的事情吧。」我回答。

「但是我覺得……」

小川還沒有講完，我們就到了樓下影印室前，而在這裡我們看到小娜已經跑到足球場的另一邊了。於是我們也跟了上去，要穿越足球場去找小娜，這時我們看起來一點都不害怕被足球場上飛來飛去的足球打到。

接著，我們看到小娜正要跑進廁所內，不小心撞到正要出來的一個學姐。

「小娜！」我抓住了她的手臂，和她一起進去廁所內。而趴在第一間廁所前的一隻大狗，也由於我的叫聲而嚇了一跳。

「小娜，妳為什麼要跑出來呢？妳知道嗎？當妳的椅子掉下去的時候，老師幾乎要心臟病發作了。」小川說。同時我也發現小娜在哭。

「妳還沒有辦法忘記小露的事情嗎？」我問她。

「小珠，聽我說……先聽我說，我又看到她了……我看到小露，是已經死了的小露……」

小娜說話很大聲，我不確定在廁所裡，除了我們是不是還有其他人。但如果有人聽到我們的對話，那他可能會覺得我們神經錯亂了。

「妳在哪裡看到她？」我問。

「在老師後面，我看到小露……妳相信我嗎？小珠，看到她那樣，我真的快受不了了！」小娜說。

「碰！」

「啊！」

外面突然傳來巨響，我們都嚇了一大跳，小娜也停止哭泣。

「外面發生什麼事了？」

我先跑到外面，她們兩個則是跟在我後面。足球場對面的二號大樓旁邊，有很多學生在圍觀，也聽到一些女學生大聲慘叫。可能距離比較遠，我只能隱約看到鐵柵欄的尖銳物上有個東西。

「發生什麼事？」小川問在那裡走來走去的學生。有一些人搖頭，而有一些人則是快哭了出來，像是遇到什麼恐怖的事情一樣。

「在保健室前面，去看看！」有個女學生跑過來跟她的朋友說話。

我拉著小娜和小川穿過足球場，要到保健室前去看看發生什麼事。當我比較靠近那裡時，我才看到發生了什麼事。

「喔……死……死了……」小川聲音顫抖地說。

我們站在圍觀的人群旁邊，看到有位男學生死在柵欄上面。柵欄上的尖端刺穿過他的肋骨與肩膀，而他的表情還停留在死前恐懼的神情；鮮血流滿全身，有一些還滴落到旁邊的植物與地面上，把植物的葉子和枝藤染得一片血紅。

那裡的學生都嚇了一跳，紛紛跑過去圍觀；有些學生更是發出了驚恐的尖叫聲，臉上也露出恐懼的神情。

「趕快去找老師來！」

「老師已經在這裡了！」

「那是誰啊？」

「……不。」

我轉過頭去，在我旁邊的學姐慘叫了一聲，當我看到她制服上的名字時，覺得有種很熟悉的感覺。接著，我看到她不斷自言自語，害怕的情緒顯露無疑，我想或許這件意外和她有所關聯。

「……不是真的……不是真的……老師。」

「那個男生是誰呢？」我試著問我對面的學生，但他搖搖頭表示不知道。

「應該是高三的同學吧。」

這時有人要圍觀的人群讓出一條路來，好讓趕過來的老師們可以進去了解狀況，並做進一步的處置。接著有一位老師爬上欄杆，摸了摸那位同學的手腕，我想他是想要確認他還有沒有脈搏，但是那位老師搖了搖頭，看起來是回天乏術了。

「看到這樣的事情，我怎麼會吃得下飯？」旁邊的一位男同學說。

的確，他的身體被柵欄尖端所刺穿，腸子伴隨著紅紅的液體流了出來，腳上的鞋子也掉落到血泊當中，任誰看到這個怵目驚心的場景，都會吃不下飯。

「他怎麼會掉下來？」一位帶著大方框眼鏡的女老師，一邊驚訝地摀住嘴巴一邊問。

「我有看到！」有個女生舉手回答：「他是我的同班同學，那時他的書包掉到教室外面的陽台，所以他就爬過窗戶，想要撿回他的書包。但是過了一下子，我也不知道發生了什麼事，只聽到他叫了一聲，鬆開了握著扶手的手，急速地往樓下墜落，接著就是大家所看到的樣子了。」

「老師，那個是我同學。」另一個男生大聲地說。我轉頭看到好幾個男生聚集在一起，看起來都十分激動，我想可能是那個男生的好朋友們。他們嘗試要跑進命案現場，卻全部都被一個老師擋了下來。

這時站在我旁邊的那個學姐，全身癱軟，情緒幾乎快要崩潰，我隱約聽到她自言自語：

「……希麗察。」

我轉過身去，緊握著拳頭，心想又有一個人的死亡是和希麗察有關。

我看到坤庫老師站在對面大樓的三樓，注視著我們這邊，但我不知道他是在看那個男生的屍體，還是在看其他地方。

「小珠，這個是……這個是……」小川緊握著我的手說。

這時我再抬頭去看對面的大樓，卻發現坤庫老師已經不在那裡了。

「他是差猜的那個朋友嗎？」我心想。

這時我腦中浮現了某個對話，想要問老師，他可不可能是那個……

「老師，我該怎麼做呢？有恐怖的鬼魂在追我，想要殺我！」

「希麗察……希麗察一定也會殺了我們，小珠。」小川顫抖地對我說。

「小川，冷靜一點。」我這樣對小川說，因為我腦海中出現了坤庫老師曾經說過的話：「小邦，冷靜一點。」

我再次轉頭看著身旁的學姐，她咬著下唇，雙手插進口袋，情緒瀕臨失控的邊緣。

「小薇！」我叫她。

「學姐，妳是小薇嗎？」

她轉過頭看著我，刺眼的陽光照射在她的臉上……

「不！」

我往後退了幾步，我看到的不是學姐的臉，而是希麗察蒼白腐爛的臉孔。而可能是看到我嚇一跳的樣子，它露出了一抹笑容，看起來很滿意。

「不！」

「小珠，小珠妳怎麼了？」

小娜的呼喊聲讓我回了神。我眨了眨眼，看到的又是小薇的臉孔，然後她慢慢地走向我，看起來要安慰我。

「我……我看到希麗察……」

我的聲音聽起來有點沙啞，引起了小薇的注意。

「妳也認識希麗察嗎？」

「對，我們非常認識它！」小娜回答。

靈異體質帶來的收穫

我的小時候……

從我有記憶開始，我就覺得我和別人不太一樣。

當我五歲的時候，我很喜歡和朋友一起玩，但也常常看到別人看不到的東西。有時候我的朋友會看到我一個人說話，一個人在玩，其實他們不知道，我是在跟另一個世界的小孩說話、玩耍。

我常常看到奇怪的東西，對其他人來說，可能會覺得我是一個怪人，但是我的父母並不覺得我奇怪，他們似乎知道我有異於常人的特殊能力，這個能力稱之為「心靈」[1]。

學校旁邊是市場，下課之後，我喜歡和同學去那裡吃粿仔條，那時候一盤只要十元。而我的朋友阿波總是會幫我付錢，簡單來說，就是他請我吃啦！這是因為除了他之外，大家都比較窮，像我每天就只有帶一塊錢去上課。

「阿偉，你要什麼？」

「鴨肉，大條的粿仔條兩盤。」

「矮子，你呢？」

「黃麵。」

「坤庫，那你呢？」

這時我正在看報紙，聽到阿波在問，我抬頭說：「小條的粿仔條。」說完之後，目光再次回到我從垃圾堆裡撿來的報紙上面。

「你在看什麼新聞？」阿波問我，他看到我很注意頭版的頭條新聞。而這時大夥點的東西都來了，大家正在加入自己喜歡的調味料，但我仍注意著那則新聞。

「尖竹汶府有一台大卡車在馬路上打滑肇事。」我一邊告訴他們，一邊看著新聞旁的那張血腥照片。

「拜託，看太多就吃不下了。」阿偉邊說邊把我手上的報紙拿走，遞了一碗粿仔條給

註釋

1. 類似中國的八字，八字重不易遇到靈異事件；八字輕則容易遇到。

我。於是我開始加入喜歡的調味料，但心裡其實還在想那張照片。

「你到底對這則新聞多有興趣啊？瞧你看了它很久。」阿波邊說邊拿了在桌上的那份報紙起來看。

「哪裡特別啊，只有看到馬路被撞壞而已。」阿波一臉疑惑地說。

「那裡，看仔細一點。」我用手指著那張照片。

「有個高高胖胖的男生站在路中間，如果你們仔細看，會看到其實他是咖啡色的。」我接著說。

大家都專心看著我所指的地方，但是全都露出了一臉疑惑的樣子。

「沒有什麼啊。」

「在這裡啊！」我再指了一次，但是他們還是沒有看到，這到底是為什麼呢？明明就很清楚啊！

「坤庫，你是不是發瘋了啊！不要跟我說你可以看到鬼魂，或是你有靈異體質。」阿波對我說。

鬼嗎？

我把那份報紙收了起來，開始吃粿仔條。而其他朋友也當做沒有事情發生過一樣，繼續享受著餐點。當我吃到一半，我微微抬起頭，看到了一個東西，嚇得我從椅子上跳了起來。

「拜託！又有什麼問題？」大家看起來有點不耐煩。

我指著對面同學的後面，這時大家都轉過頭去，但是從他們的表情看來，似乎他們看不到我所看到的東西。

有一個老奶奶站在粿仔條店外面，一隻手拿著裝著菜的籃子。她微微地笑，依稀可見到她的綠色牙齒；眼睛看起來空洞無神，再仔細一看，裡面竟然沒有眼珠；嘴巴向內凹陷，裡面似乎有紅紅的鮮血；上半身穿著無袖的圓領襯衫，下半身穿著傳統的泰式裙子。但是我發現她不像是普通活著的人，她一側的頭顱看起來受到重擊而破裂，因此導致另一側的臉突了出來。

我看到她對我微笑，接著就突然走掉，我嚇得嘴巴幾乎快要合不起來。

「拜託！我受不了了，坤庫你是發瘋了吧！不要玩得太過分！」阿波站了起來，大聲地對我說。

為了要跟著那個老奶奶，我書包一拿，還沒有等他們罵完，我就先跑了出去。但是當我跑到外面的時候，已經看不到她了。

為什麼那位老奶奶會出現在那邊？

學校旁邊有一間廟，每當清晨時，我喜歡去找廟裡的師父，順便幫他打掃環境。有時候師父會給我早餐，有時候則沒有。但是我也沒有窮到一定要吃廟裡的早餐，來這邊幫忙主要是因為媽媽希望我可以多做好事，多幫忙別人，這樣過世之後才可以上天堂。

媽媽教了我很多事情，教我分辨是非，教我認識地獄和天堂。同時她也告誡我，無論在什麼地方，一定都要把她的話謹記在心。

今天早上五點，我如同往常去找師父，這時他正在打掃廟前的落葉。我先走向前和他問好，接著也拿起了掃帚幫忙。在打掃過程中，我把昨天遇到的事情告訴師父，想要請教他為什麼我會看到這些東西。

「師父，我覺得我最近常常看到怪怪的東西，但是別人都沒有看到。」

師父走過去坐在廟前的地板上，接著回答我：「坤庫，那是它們想請你幫忙一些事情。跟著你的鬼魂，大多是還沒進入輪迴、意外或是自殺而死的，想要藉由你的幫忙進入輪迴超生。」

「那為什麼他們要跟著我呢？」

「因為表示你是一個好人，只有這樣的人會看到這些鬼魂。」師父回答。

「這樣的話，我也不想當一個好人，這讓我看起來和其他人不一樣。」

「這樣嗎？你覺得當好人是奇怪的事情嗎？坤庫你聽我說，世界上有很多種類的人，有好有壞。佛祖曾經說過，人分為四個類別，第一種是黑來黑去的，這表示這人出身在不好的環境，而且心裡也總是打著不好的念頭，而這樣的人，地獄也離他不遠了；第二種是黑來明去的，這代表雖然出身不如別人，但仍舊保持著純潔的心靈；第三種是明來黑去的，這表示出身很好，但總是做不好的事情，這樣的人死後就只能到地獄去了；最後一種則是明來明去，這種人就是出身好，而且也做了很多好事，這樣的人死後，天堂就會是他的歸屬。」

「那我呢？我是哪一種？」我笑笑地問師父。

「沒有人可以判定誰是哪一種人，這完全要取決於你的心，如果心好，你就算是有福氣的人，這看起來就像是你擁有很多的財富，可以分給其他需要幫忙的人。而這樣的事情是比賺錢容易的，只要你總是保持好的想法，做好的事情，你就可以當一個有福氣的人。不過，不要忘記要把你的福氣和大家分享，不論是在世的人，或是已經去世的人。」

「但是那些鬼魂為什麼知道我是有福氣的人呢？連我自己也不知道我的福氣是從哪裡來的。」

師父用他的微笑當成答案，只有說：「福氣只能用心去感受，而不是用眼睛去看。」

雖然師父告訴我這些道理，但我一點都不懂能看到鬼到底有什麼好處。

今天晚上下課之後，我留下來和阿波他們一起打掃教室。在打掃的時候，由於他們正在打鬧玩耍，所以我決定自己拿水桶去廁所裝水。走在前往廁所的通道時，我邊走邊胡思亂想，突然我看到有一個小女孩，她正站在我前方轉角旁的窄樓梯附近。我看到她低著頭，似乎正在哭泣。

於是我向她打了個招呼，順便問：「妳還好嗎？」

她並沒有抬起頭看我，依舊維持著一樣的姿勢，一直哭，一直哭。

「妳好，要我幫忙什麼嗎？」我不死心地又問了一次。

「我的東西不見了。」她小小聲地說。

「是什麼東西？」

「鞋子……我的朋友把我的鞋子藏起來，我不能回家。」她回答。

「那哥哥幫妳找。」我雖然自稱為哥哥，但其實我也不知道這個小女孩幾歲。不過因為她看起來很矮，所以我的年紀應該會比她大，畢竟在班上，我幾乎是全班最矮的了。接著我牽起了她的手：「一起去找吧！」

她擦了擦眼淚，抬起頭看著我。

「謝謝你！」

我點了點頭，接著說：「不用客氣，一起去找看看妳的鞋子在哪裡吧！」

「我不能走，那裡有水。」她用手指向一個方向。

我轉頭去看了看她指的方向，在陽台中間有一個水窪，看起來裡面的水滿多的。

「那我們走這個樓梯繞過去吧！」我建議。

「我不喜歡二樓。」她說。

「哥哥可以讓我坐在妳的肩膀上走過去嗎？」她接著問。

我放下了水桶，讓那個小女孩坐在我的肩膀上面，而她的體重很輕，所以對我來說幾乎是沒有什麼困難，當然我也要注意不要讓她從上面跌下來才行。

走過那個水窪後，我讓她從我肩膀下來。另外，教室裡的同學也伸頭出來，一直看著我，看起來是想要知道什麼事情一樣。其實我也覺得很奇怪，為什麼他們要一直看著我，似乎我們是陌生人一樣。

過了一會兒，阿波他們拿著拖把出來找我，大家看起來都有點不高興。

「喂！坤庫，你在幹嘛？」阿偉問我。

「我正在……」

我本來要回答的，但突然發現那個小女孩消失了。

小女孩消失了！

「……呃。」

我抓了抓頭髮，這到底是怎麼回事，剛剛我明明帶她走過水窪啊！

「為什麼把水桶留在那裡？」矮子用手指了指地板上的水桶。

「坤庫，你遇到了鬼了！」在附近的同學對我說。

我記得這個同學，剛剛我帶那個小女孩走過水窪的時候，他也正看著我，不過那時他的臉看起來怪怪的。

「你知道嗎？在樓梯那裡有一個小女孩的鬼魂，她總是出來找自己的鞋子。而這是因為之前她的鄰居把她的鞋子藏起來，她在學校裡找來找去，一不小心就從樓梯上跌落下來，導致頸椎斷裂而死。聽說我們的學弟妹也曾經遇到過她的鬼魂。」

「你又看到鬼了嗎？」阿波問我。

我轉頭看著樓梯，我又看到別人看不到的事情了，那個小女孩站在一樣的地方，只穿著襪子，沒有穿鞋子，姿勢和我先前看到的一樣。

我該怎麼辦呢？難道那個小女孩要永遠站在那裡嗎？而她沒有辦法投入輪迴超生的原因，會是因為她沒有鞋子穿嗎？這時我突然想到早上師父跟我說的話。

我可能出生就是要來幫忙這些事情吧！我一定要幫忙她。

隔天早上，我在家裡找到了一雙鞋，那是一雙很舊的鞋子，是我小學四年級時所穿的，希望她不會討厭才好。

我走到小女孩摔死的那座樓梯，她依舊站在那裡，她抬起頭看著我，似乎已經知道我會過來找她。

「妳好！」

我跟她打招呼，順便要把鞋子拿給她。

「我已經聽過妳的事情了，雖然這雙鞋子很舊，但是應該還可以當成妳的鞋子來穿吧！」

她看著我的鞋子，這時我覺得很不好意思。因為我沒什麼錢可以買新鞋，而要是存錢去買，又怕被媽媽罵，所以只能拿舊鞋子給她。

她仍舊看著那雙鞋子，突然間她伸手拿了鞋子，接著消失不見。

我試著要找她，但卻找不到，直到我轉過身去，才在走廊通道看到她向我揮手道再見。

她穿了我的舊鞋子。

我也向她揮手道再見，心裡很高興，因為我幫了人，雖然她並不是真正的人。

有時候當一個有福氣的人，也是挺不錯的。

背德鬼

這個遊戲在學校裡流傳得很快，幾乎所有學生都知道這個遊戲，但是沒有人知道是從哪裡傳出來的。我們只知道，要玩這個遊戲的人，必須要用自己的生命當做賭注。

「我聽說是從六班來的。」阿波告訴我們這個奇怪的遊戲之後說道。不過阿偉並不相信，他比較相信有科學根據的事情，而矮子則是半信半疑，那我呢？當然就不用多說了。

我完全相信這件事！

「這是什麼遊戲，聽起來很可笑。」阿偉說。

「但是聽起來很刺激耶！我們一定要在二十一天之內找到一百個鬼魂。另外，要用錢幣當做我們的靈魂和鬼魂聯繫的橋梁。當然，也可以證明看看這個遊戲到底是真是假。」矮子說。

「來玩吧！阿偉你信不信都沒關係，今天晚上一起來看看吧！」我說。

我沒有想太多就說出了這句話，雖然我的嘴巴說相信，但心裡還是有所存疑。而且我也不管這件事情是否危險，雖然玩這個遊戲會比在廟旁玩錢仙還要危險多了。

我從家裡出發，負責帶一枚塑膠的假錢幣，而阿偉負責寫玩這個遊戲會用到的紙板，矮子和阿波則是在一旁幫阿偉加油打氣。一切就緒後，我們發現廟旁又黑又靜，決定跑到那裡去玩，途中雖然有狗嚎叫的聲音，但是也沒有人害怕逃跑。

阿波在周圍點了一些蠟燭，方便我們可以看清楚那張紙板。而在廟外面的圍牆旁，有一個小小的空間可以供我們使用。另外，因為雨剛剛停，所以我們四個人只能坐在濕濕的地上，而我依稀還可以聞到下雨的味道和莫名的腐爛氣味。

「錢幣在哪？」矮子問我。當我把那枚塑膠錢幣拿出來的時候，大家都忍不住笑了出來。

因為那是七龍珠的錢幣！

「拜託，你拿這個漫畫錢幣來幹嘛。」阿波說。

「不論怎麼樣，它還是有它的價值，用這個錢幣啦！它可以用。」

最後我們就用這枚塑膠錢幣來玩這個遊戲。在那麼晚的時間靠近廟，讓我有點不安，更何況是在廟外的圍牆邊玩。聽說有很多背德鬼[1]會來這裡找人幫忙，我擔心我們還沒有開始玩，就先遇到這些東西了。

我們把那枚錢幣放在紙板中間，接著四個人分別把手指放到錢幣上。阿波開始念起咒語，接著換我們說，經過三輪之後，我聽到了奇怪的聲音。

「咚！咚！咚！」

「是誰在釘釘子啊？」矮子罵道。

我看看四周，又黑又暗，也沒有看到有人走過來。那怎麼會有人那麼晚還在廟旁釘釘子呢？

這時手指下的錢幣慢慢往左邊移動，把我們的注意力都吸了回來，同時我也把目光放到阿波的臉上。

「喂！是你動那個錢幣嗎？」我問阿波。

「沒有，不是我。」阿波看起來很緊張，眼睛緊盯著錢幣，汗水緩緩地從頭上流了下來。

註釋

1 泰國傳統的鬼，分為很多種類，而這裡提到的這種，嘴巴如同針孔一般，生前喜歡打罵父母。一般來說，這種鬼有五層樓高。

「也不是我，不過我也沒遇過這樣的事情。」阿偉平靜地說，但一隻手扶著頭思考著。

「我也是第一次遇到。」矮子說。他的聲音抖得很厲害，看起來很害怕、很緊張。而我繼續注視著錢幣，它已經停很久沒有移動了，久到我們覺得剛剛是有人故意惡作劇。

「咚！咚！咚！」

「喂！我覺得那個不是釘釘子的聲音了。」矮子小聲地說。

不過大家很快就忘了矮子說的話，因為那枚錢幣又開始移動了。我繼續注視著燭光下的那枚藍色錢幣，而燭火也由於微風的吹拂，產生了許多令人害怕的陰影，特別是我對面的阿偉的陰影，是顯影在他後面的廢棄塑膠工廠的鋅板牆上。

錢幣移動到「ห」[2]這個字上。

「呃……剛剛有誰問什麼問題嗎？」阿波說。

「我沒有問。」

「但是這個……」阿波突然停止說話，因為錢幣又開始移動了。

「是หิ[3]嗎？」我說。

「還有呢？」阿偉說。那枚錢幣動得很快，最後停在「ว」這個字上。

「『หิว』[4]是在餓什麼？」矮子說。

「不管了，繼續玩吧，我們一定要問到十二個問題。」

大部分的問題都是阿波問的，我們只知道那個鬼魂已經在錢幣裡面了，它是男的，已經七十八歲，住在附近，有兩個女兒，但是兩個都已經死了。

我問它是怎麼死的，它回答是被火燒死的。而問到第十三個問題的時候，阿波就說：

「找到鬼魂！」

這時錢幣突然停了下來，接著我們等了很久，阿偉則是幾乎想要把手指移開了，但是此時阿波趕快抓住阿偉的手腕，因為錢幣又開始移動了，這次則是往數字區那裡移動。

「九十九……什麼東西？桑迪說一定要找到一百個不是嗎？算了，那剛剛是誰最後說那句咒語的？」阿波小聲地說。

我舉起了另一隻手說：「是我啦！」

接著我就依照阿波的指示，慢慢把錢幣翻面。當翻面完成之後，我們又念那個咒語三

註釋

2 泰文中的子音。
3 讀音像「hi ˊ」。
4 「หิว」意指餓。

輪，這樣就算是完成了今天的部分。

完成之後，矮子突然說：「這是什麼聲音？」

「咚！咚！咚！」

這時我正要把錢幣拿起來，但突然聞到一股腐爛的氣味，這個氣味比一開始聞到的還要重，所以我們都用手摀住鼻子。接著在我把錢幣拿起來的同時，發現有黑色的陰影搖搖晃晃地朝我們走過來。

「什麼東西？」阿偉打算要去看看，不過突然間，他大叫了一聲，躲到阿波的後面。而我和矮子則是同時罵出同樣一句話，我們都嚇了一跳，看著那個陰影朝我們走過來，越來越清楚。

我們看到一個禿頭的老人，頭髮只剩下一點點。他的頭皮看起來很粗糙，身體歪斜，皮膚上則是有許多擦傷；而他兩隻腳的膝蓋以下部分是連在一起的，看起來就像是只有一隻腳而已，也因為這樣，他不太能走路，整個身體都在地面上滾來滾去，要靠手肘來幫忙移動。而且在移動的過程，他不斷發出奇怪的聲音，讓人感到相當的恐懼。

我看到阿波一直在罵那個老人，我想罵了有一千個字了吧！我也不曉得為什麼他可以罵那麼多。因為害怕的關係，我們一邊慘叫，一邊往另一側跑，跑到通道的另一邊時，我們發現又被另一個更高的黑色陰影所籠罩了。

「背德鬼！」

阿偉發出了淒厲的慘叫聲，音調高到好像已經不是他的聲音。這時才發現我們是停在背德鬼的兩腳之間。它的腳很大，灰灰綠綠的；手也很大，看起來像芭蕉葉一樣，正抓住路旁的大樹；而嘴巴則相當小，如同針孔一般，一直碰到旁邊的樹幹，發出「咚！咚！咚！」的聲音，就像是我們之前所聽到的一樣。

我從來都沒有看過這樣的鬼，因此嚇到癱軟在地上，而那隻鬼則是一直看著我們，它的眼睛很小，但裡面都是血。接著它發出了刺耳的叫聲，伸出手朝我們的方向撲過來。

在我們之間，阿波算是最冷靜的，他伸手抓住了我和阿偉，避免我們被背德鬼抓走。不過高興不了多久，我們發現已經被各種鬼給包圍了。

我看到有穿著泰國傳統沙龍、裸上身的長髮女鬼，從一棵樹走到了另外一棵樹；路中間有一個嬰鬼，一直哭一直哭；還有一群老人的鬼魂，經過我們走到廟裡去。

「進去那間廟的主殿！」矮子大叫。於是我們趕緊往廟裡跑，我想我們看到的鬼，已經超過我們想看到的數量了。

「跑吧！跑吧！」我推著因為發抖而停下來的阿偉，當他聽到背德鬼的叫聲時總是會停下來。跑了一段路，主殿離我們只剩八公尺了，我們趕緊跑了過去，同心協力地推開主殿的紅色大門進去。

一進到主殿，金黃色的光芒馬上籠罩我們，師父正盤坐在佛祖像的下方，於是我們急急忙忙地跑到師父身旁，那時心臟幾乎快要跳出來了。

到了，到了。

「你們為什麼急急忙忙地跑過來呢？」師父平靜地問，看起來他不知道廟外有好幾百個鬼魂，試著要進來這裡。

「鬼！師父您好，拜託您幫幫我們！」阿波雙掌合十地向師父說。

他告訴師父，在我們進來之前，是在廟外的通道玩那個奇怪的遊戲。師父點了點頭，表示了解。而當阿波在說明的時候，我看到阿偉一直發抖，似乎已經快到了恐懼的極限。

接著師父揮了揮手叫道：「阿偉你過來這邊靜坐。」

於是阿偉慢慢地爬了過去。

「你們其他人就試著冷靜下來，靜坐並幫外面的那些鬼魂們祈禱。」師父接著說。

我先開始靜坐幫那些鬼魂祈禱，而其他人就跟著我說。我們一直祈禱、沒有間斷，期間還有聽到背德鬼的叫聲與阿偉的喘息聲，他看起來是比較嚴重的，像是癲癇發作一樣，我實在很擔心他。

我閉眼靜坐，試著要讓心情平靜下來，但是還是會想到在通道所發生的事情。背德鬼用嘴敲擊樹幹的聲音，依舊在我耳邊響起；那些在通道的黑色陰影則是感覺越來越近……越來越近……

不要……不要……不要！

那個陰影慢慢地往後退了出去，金黃色的燈光則是徹底讓它消失不見。我張開了眼睛，發現日出的陽光正照在我的臉上，我看到阿偉還坐在我後面，而阿波和矮子則是坐在我旁邊。我的正前方是佛祖像，不過已經沒有看到師父了。

我推開了紅色的大門，往廟的四周看了看，師父正在打掃地板。

「一些鬼魂已經走了，因為你們已經幫他們祈禱且表示歉意了，但還有一些鬼魂仍跟著你們。」師父說，不過我也不太了解他的話是什麼意思。

「師父，您說我們有幫它們祈禱且表示歉意，那我們是何時做的呢？」我問。

「就昨晚一整夜。」

「謝謝師父的救命之恩。」

我雙手合十，向師父表達感謝之意。師父停下了手邊的動作，轉頭看著我。

「不只是我幫你們。」師父說。

「但是請記得請鬼容易送鬼難，一但打擾了它們，要請它們走是不太容易的。最好的方法就是幫它們祈禱，讓它可以好好走，去它們該去的地方。」最後師父給了我這個忠告。

屍體不見了

從那一天起，我們就不玩那個遊戲了。

雖然師父說，我們已經從這個遊戲中被釋放了，但是還有許多鬼魂對我們不滿，進而想要取我們的性命。也因為這樣，我們都戴著佛牌，有人戴一個，也有人戴兩個，由於阿波家裡比較富有，所以他戴了四個。

「這樣比較不會出錯啦！」當我們問阿波為什麼要戴到四個佛牌時，他這樣回答。我只有一個佛牌，是師父給我的，另外他也告訴我，只要我常常做好事，偶爾幫那些鬼魂祈禱也是挺有幫助的。因此，我下課之後常會找大家一起去廟裡靜坐祈禱，但是通常只有阿偉會跟我一起去。

就這樣過了一個多禮拜，今天是我們看到鬼後的第十天，一如往常，我和阿偉要到廟裡去靜坐祈禱。而結束之後，我們就跟師父道再見、回家。

我家和阿偉家離學校比較遠，必須走比較久才可以到家，但是我們已經習慣了。今天回家途中，我如同前幾天一樣，提到了那一晚的事情，之前阿偉似乎不想再提到那一晚的情況，但今天他卻有所回應。

「那一天我看到你全身一直發抖，以為你要休克了。」我說。

「真的嗎？我一直發抖嗎？你知道嗎？我從來沒有那麼恐懼過，那真是一場夢魘。」阿偉回答。之後我們走了一小段路，阿偉又再次開口說話，但是這次他講得很小聲，似乎不想讓別人聽到。

「我感覺整個人被黑暗所吞噬，雖然進去廟裡面，我依舊覺得眼前是一片黑暗，只有看到高高的背德鬼、禿頭的老鬼和其他的鬼魂，它們靠近我，伸出手想要抓我，我試著要抵抗。直到我聽到師父叫我的名字，我才回過神來。後來我嘗試靜坐的時候，當我一閉上眼，就感覺自已慢慢掉往黑暗深處，越來越深，深到我怕沒有辦法再回來。」

我點點頭，表示了解他的感覺，但是那個時候，我覺得阿偉的精神狀況已經不太好了。

「突然我就看到金黃色的光芒，但是一下下就離我越來越遠，取而代之的是可怕的黑色陰影……」他接著說。

這時我下意識地轉頭看了看我們走過的路，但只有看到車子經過所揚起的塵土，不過依稀聽到了一些奇怪的聲音。

「它們可能是要我的命吧。」

在阿偉說這句話的同時，我看到有個陰影伴隨著飛塵向我們逐漸靠近，我看不清楚是什麼東西，直到它離我比較近的時候，才看清楚原來是一台汽車。

「好幾個晚上，我都夢到有跟蹤我，而在蚊帳外面則是有許多黑色的陰影……」

突然我伸手抓住阿偉的手臂。

「喂！有車來了！」

「喔，那輛車是來接我的啦！」

「碰！」撞擊所發出的聲音極大，我嚇得跌坐在地上。噴出的鮮血濺滿了我的臉，我的手還握著阿偉已經被撞斷的手臂，見到這樣的場景，我嚇到不知如何是好。

「吱！（煞車聲）」

「啊！」司機先生發出一聲慘叫，我跑過去找他，手上還抓著阿偉的手臂，那個時候我很害怕，聲音卡在喉嚨，想說什麼也說不出口。肇事現場到處濺滿了紅色的鮮血，卡車前面的大燈也被撞壞，鮮血在泥土路上留下了斑斑血點，從我這邊延伸到卡車停下來的地方。

但奇怪的是，我沒有看到阿偉的身體。

「弟弟，趕快找人來幫忙吧！」

司機驚慌地慘叫，不過他沒有等我，而是自己先往旁邊的廟那邊跑走，或許他可能是要去那裡找人來幫忙吧，但也可能是就此逃走。

另外，我看到紅色的泥土路上留下一條痕跡，看起來像是重物拖行所留下的。再仔細一看，有個黑色的陰影在路旁慢慢地移動，它們的動作很奇怪，而它們所經過的地方，都會留下痕跡與紅紅的血漬。我趕緊跟著它們移動，而這些痕跡與血漬則是一路延伸，到了那條我們玩遊戲的通道才停了下來。

不過即使到了這裡，我還是沒有看到阿偉的屍體。

這時我才發現，我手上還拿著阿偉的手臂，而剛剛卡在喉嚨裡的聲音突然出現了。

我大叫：「不！」

後來我先走回肇事卡車旁，到處都是灰塵，也慢慢聚集了圍觀的人群。而我則是一直注視著路面上阿偉所留下的血點，等了很久，收屍的車輛才到達現場。

沒有屍體給你們收了，我心裡想，沒有屍體了……

阿波和矮子聽說了這件事後，跑到現場來找我。由於時間越來越晚，加上月光也在烏雲的影響之下時有時無，所以我們就從廟裡拉了電線到這裡供電燈使用，方便尋找阿偉的屍體。另外，為了加強現場的光線，我們也拿了廟裡用的大蠟燭。

「坤庫，你還好嗎？」

阿波問我，他的眼睛看起來很紅，矮子也是一樣。我點點頭當做答案，表示我還好，然後他走過來抱著我，矮子也加入，我們三個人抱在一起哭。

師父慢慢從廟裡走來這裡，看起來像是沒有事情發生過一樣。我急忙地跑過去找師父。

「師父，阿偉死了。」

我告訴他，他也點頭表示明白。

「阿偉的生命已經走到盡頭了，任何人都沒有辦法阻止，一定會有人來帶他離開這個世界。」

「那我們呢？我們會怎麼樣？」矮子臉色蒼白，顫抖著聲音問。

「不用怕，它們不會來找你們，它們已經帶走需要的人了。」

雖然聽了師父的回答，但心理還是不太了解。這時大家都看著師父的臉，我也沒有告訴他我所看到的事情，不過我想他應該已經知道了吧！

不過，帶走阿偉屍體的到底是誰？

繞著主殿的馬拉松逃跑

葬禮上，我坐著雙手合十拜拜已經快要一個小時了。

在舉辦葬禮的亭子裡，師父們的誦經聲不絕於耳。小露的親戚、老師和一些同學都來參加小露的葬禮。他們坐在我附近，而坤庫老師則是坐在我旁邊，他看來很專心於師父們誦經的內容。

我舉高合十的雙手拜了一下，接著叫了在旁邊的坤庫老師。

「老師……」我小聲地叫他。但是老師並沒有什麼反應，他的眼神看起來失去了光彩。

「老師！」這次我比較大聲一點。但是轉過頭來的並不是老師，而是正在拜拜的小露的親戚，所以我就改為拍拍老師的肩膀，但他並沒有馬上轉頭，而是直到他的眼睛眨了一下，他才轉過頭來看我。

「小珠，有什麼事嗎？」老師問。

「要一起去外面等小娜和小川嗎？」我問老師，接著我們就結束儀式，一起到外面去。

雖然是晚上，但亭子外面卻不如我想的那麼安靜。除了有蟋蟀的叫聲，還有師父們的誦經聲，聽起來讓人有點心煩意亂。另外，在亭子後面，還有幫忙葬禮的人的準備聲音。

「老師在想什麼呢？」我問老師。這時我們正站在亭子前面的樓梯等小娜和小川。

「想到之前的事。」老師回答得很簡短，隨即陷入沉默。

小娜和小川來到葬禮會場，我本來要先開口問小娜，但她卻先說：「我從小露的媽媽那裡拿回了錢幣，那是誰請她媽媽把錢幣帶來這裡的呢？如果她媽媽發生了奇怪的事情怎麼辦？」

「不用問了，趕快把錢幣拿給老師。」我說。

於是小娜趕緊把錢幣拿給了坤庫老師，老師拿了錢幣之後，在手上端詳了一下，就把它放進襯衫前面的口袋。

「請老師要注意，不要和其他錢幣搞混了。」我告訴老師。

「我已經很小心了，但是妳們最好離我遠一點比較好。」老師說。

「我們應該怎麼做呢？要繼續找出剩下的鬼魂，還是要用其他方法和希麗察正面對決呢？」小川問。

「其他方法嗎？」老師陷入苦思，接著說：「應該沒有其他方法了，我們應該遵循這個遊戲的規則。」

我看著大家的臉，似乎都在懷疑為什麼老師不跟我們說，他之前是如何贏這個遊戲的。如果老師想看到我們贏，那他應該要告訴我們吧。

「等一下會有另一個葬禮儀式，妳們先進去廟的主殿吧。」老師說完後就走進亭子裡。

我們看著老師走進亭子，這時小娜說：「老師好像有很多祕密。」

「跟我想的一樣。還有小邦的事情，在事件過後，他已經存活一個月了，為什麼最後還是難逃死劫呢？之後我和小薇為了小邦的事情去找老師，他卻只說他知道了，為什麼沒有其他比較特別的反應呢？」我接著說。

「再想一想，連老師說要特別幫忙的小邦，最後也是死於非命，那我們呢？」小川說。

「小薇說小邦一定是被希麗察從陽台上推下去的，要不然他不會死得那麼悽慘。記得嗎？有個同學說，當小邦掉下去之前，曾經有嚇了一跳的反應，我覺得那可能就像是小珠看到小薇的臉變成希麗察的情況吧！」小娜皺著眉頭，接著說：「那為什麼希麗察要殺小邦呢？還是它想要一次解決所有事情呢？」

「我覺得希麗察把這個遊戲當成它的殺人娛樂吧！它並不想要遵循什麼規則，只想殺光每一個和它有關係的人。」我推測。

抬著棺木的人慢慢靠近我們，於是我們就走到主殿的後面等，但是並沒有進到主殿內。他們打算抬著棺木繞主殿三圈，然後把屍體送去火化。繞行的時候大家手裡都拿著蠟燭，坤庫老師也一樣，要用來照亮周圍的環境，而當坤庫老師一看到我們，就馬上問：「為什麼不趕快進去主殿？」

「我們想看這個儀式。」我回答。

老師留在這裡跟我們說話，其他人則是繼續往前走。老師接著說：「這個同學死後的情況，恐怕會有點困難。」

「為什麼呢？」

「因為有很多人跟著她走。」老師回答。我不知道跟著她走的人是誰，但是老師馬上就告訴我們：「就是那些妳們打擾的鬼，如果妳們看得到，可以看到它們正坐在棺木上面，而且有一些鬼則是從旁邊抓著棺木前進。」

小川摀住她的嘴巴，害怕地問：「是鬼嗎？」

坤庫老師並沒有說什麼，他跟著其他人繼續這個儀式。我們留在原地繼續看著那個棺木，雖然我們看不到什麼東西，但是如果像老師所說，那這個棺木應該很重吧！

「走吧！」我牽著小娜和小川的手，跟著前進的人群移動。我們不是要參與這個儀式，而只是為了要進去廟的主殿裡。到了主殿門口，隊伍繼續往前繞圈，我們則準備走進主殿。

「這裡好靜。」小川小聲地說。這時我們正經過主殿前的小花園，還可以隱約看到坤庫老師跟著穿著黑色、白色衣服的人群繼續前進。

「那是什麼東西？」小娜邊說邊指著下面的地板，我也低頭去看。

「喔，是一塊布，應該是執行儀式的人掉的吧。先撿起來，待會兒再拿去還給他們。」我說。

要把那塊布撿起來時，我突然想到可以見到鬼的方法之一，就是要彎腰從胯下往後看。其實我也是隨便看看而已，但是我也真的看到了一些東西……

我看到人腳的陰影正往這裡走過來，想要再往上看一點，但是姿勢不允許，所以我就趕快站了起來，受到驚嚇的我，嘴巴都快合不起來了。

「小珠，妳怎麼了？」小娜問。

我趕緊抓住她們兩個的手腕，也沒有忘記拿那一塊布，然後發出慘叫聲說：

「跑！」

大家馬上往主殿跑去。小娜和小川之所以跟著我跑，主要是被我嚇一跳，而不是因為其他的事情。而此時四周一片漆黑，也看不到人群，似乎每一樣東西都突然消失不見。主殿看起來也離我們越來越遠，彷彿將被黑暗所吞噬一樣。

「小珠，妳到底要跑到哪裡去？」

小娜邊跑邊罵我，但是我沒時間管她，我必須趕緊帶她們離開，不過奇怪的是，我們好像一直停留在原地，一點都沒有靠近主殿。

「小珠，有什麼東西跟著我們來？」小川大叫，我想她可能也看到了吧。

「鬼差！」小娜大聲慘叫。我不知道為什麼她會覺得是鬼差，為什麼鬼差要跟著我們來呢？還是來這裡只是為了要小露的靈魂？

「小珠！小珠！妳丟掉那一塊布吧！」小川一邊說，一邊把我手上的那一塊紅布搶了過去，然後往後丟。

丟完之後，我們三個人突然腳下一滑，從主殿前的階梯摔了下去，臉撞到了階梯邊緣。我覺得鼻子很痛，有涼涼的東西流了下來。

小娜叫了出來：「很痛耶！」

「其他人在哪裡？」小川問，同時轉頭看看周遭。而我摸摸自己的鼻子，嗯，還好鼻梁沒有斷掉，不過倒是流了一點血。接著轉頭看看主殿，發現大門已經是開著的了。

「進去吧！」我邊說邊走上階梯，這時我感到有點疲累，身體也因為摔倒而有點痛；臉上則是有汗水和血混在一起。當我們走進主殿時，只有看到兩、三個小弟弟和一個小妹妹坐在那裡。之後小川則是跑到門口，想要看看外面的情況。她回來時手上拿了一塊白布，要幫我擦掉臉上的血漬。

「我們還需要冰塊，那我先出去找好了。」小娜說。

小川把我的臉抬了起來，接著用布壓住了我的鼻子，我看到她的額頭上也腫了一大塊。這樣的情況下，看起來我做了一件很愚蠢的事情。

「噓！（吹口哨的聲音）」

我們停下動作。

「有聽到什麼聲音嗎？」小川問，她轉頭看著門口。而原本在裡面玩耍的小孩們，則是開始聚集在一起，其中有人說：

「它來了……它來了……」

「聲音很像是吹口哨。」我也同意。

「出去看看吧！」

「碰！」小娜一跑進主殿，馬上就把大門關了起來。她的臉色發白，幾乎就要昏厥在地上了。

「背德鬼……它……它在外面的亭子附近。」小娜說。

小妹妹一直哭，外面的聲音則是越來越靠近。

「關窗戶！」我大叫。大家馬上跑去關上每一個正開著的窗戶，很快地把窗戶一扇扇關了起來。接著突然聽到一聲慘叫，小川放開了窗戶上的扶手，大叫：「小珠！小娜！」

我轉頭去看她，有一隻和窗戶差不多大的灰綠色的手，試著要伸進窗戶裡。這時小川連滾帶爬地過來找我，我們抱在一起，一邊看到它的手在揮動著，一邊則是聽到它所發出的聲音，讓人感覺很不舒服。

小川一邊哭，一邊盡她所能地念經祈禱。我也跟著她做，我們一起雙手合十，然後念：

「阿拉吭散媽……」

「噓！（吹口哨的聲音）」

「阿拉吭散媽……」

我的手一直發抖，全部的小孩也都跟著我們念經祈禱。而在我旁邊的小川也是一直發抖，而且在念經過程中，不斷發出慘叫聲。

「普湯……」

「噓！（吹口哨的聲音）」

「小珠它來了，它要破壞窗戶進來了。」

「啪卡彎噹……」

還有什麼呢？還有什麼呢？沒有時間想了……沒有時間想了……

「碰！」主殿大門被推開了，我停止念經，轉頭去看，接著眼淚就掉了下來，嘴巴也不停發抖。

坤庫老師趕緊跑進來抱住我們，還有一位師父跟著他一起進來，他看起相當冷靜，雖然年紀已經很大了，但卻一點也沒有害怕的感覺。然後師父直接走向那扇窗戶，嘴裡念念有詞，那隻大手一下子就往後消失不見。

小孩子依舊還在哭，並抓著老師身上的襯衫。而儘管小川還在發抖，但是我們三個人則是趕緊離開老師，因為會有一點尷尬的感覺。

「老師，我們有找到一塊紅布……我們跑來這裡……然後我們就……就……」小川哭著說，她看起像是哭不停的小孩。

「小川，不要擔心，老師已經在這裡了。其實我們應該要謝謝這位師父。」老師轉頭去看坐在那裡的師父，而他則是露出了開心的微笑。

我們一起坐著拜拜謝謝師父。

「坤庫，你總是在當別人的貴人。」

那位師父的話，讓我們覺得很驚訝，看起來他們已經認識很久了。

老師微笑地說：「是的，我知道我的責任是什麼。」

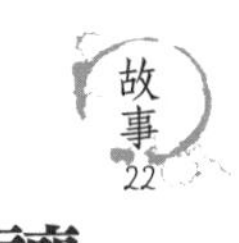

讓他走，我們無能為力

「要把手洗乾淨。」老師說完這句話，然後走了出去。

我們三個人走到主殿後面，而現在因為快天亮了，所以天氣有一點涼涼的。這裡有一張鐵桌子，上面有個裝著水的臉盆，主要是當葬禮結束之後，用來洗臉和洗手用的。小川就先開始洗臉、洗手，而我則和小娜聊天。

「老師好像跟那位師父很熟耶，有聽到師父提到老師小時候的事情。」我說。

「可能老師小時候住在附近吧！」小娜接著說。

小川洗完了之後，甩了甩手，接著就輪到我。當我把手放進銀色臉盆時，溫暖的手混合著冰水，產生了很特別的感覺，心裡變得很輕鬆，就像籠罩在心頭的烏雲散去一樣。

這時有聽到師父誦經的聲音，應該是他們在做早課吧！我側著身子，挪出空間讓小娜可以過來洗。同時，我看到了一片覆滿灰塵的廣場，而我們的學校則是在廣場的另一邊。

在洗的過程中，我想到人生其實真的滿令人困惑的，如果當初沒有跟這些事情扯上關係，那麼也不會有人遇到不幸的事情了。

我問自己：「我們一定還要找到八十個鬼魂，而且沒有辦法確認它們是不是死於非命的嗎？那最後我們怎麼會贏這個遊戲呢？」

「我覺得還有贏的辦法。」

「老師，嚇了我一跳，你怎麼會突然出現！」小川大叫了一聲。

「妳們應該進去主殿裡面做早課才是。」坤庫老師說。

「我們進去會打擾到別人嗎？」小川問，然後接著說：「老師有什麼計畫嗎？可以讓我們贏希麗察。」

「現在我們只剩十三天而已。」我補充。

「我想來想去，只希望我的計畫會成功。我們沒辦法贏希麗察，但是我們可以藉由讓它好好去另一個世界來終結這個遊戲。」老師說。

「但是我們一定要先知道它在哪裡，還有它是怎麼死的。這樣我們才可以請師父幫它誦經，讓它安息。」老師接著說。

「聽起來很容易。」

「但是我不曉得這個方法會不會成功，希麗察可能會離開，但其他鬼魂可就不一定了。」老師說。

老師對他所提的計畫似乎不太有信心，而且我們也不知道為什麼它要自殺，在哪裡自殺，也不知道它什麼時候死的。看起來在老師來這個學校之前，它就已經死了，因為就連坤庫老師也不知道它是誰。

「一定有人認識希麗察，我們去找那個人好嗎？」在我們沉默了許久之後，小娜突然說出這句話。

「如果我們還有時間當然可以，而且說不定這是個好選擇。但是現在我比較擔心妳們的安全，特別是小珠，希麗察正跟著妳，它想要讓你發瘋，甚至自殺，我不想讓它的計畫得逞。另外，妳一定要保持強大的信念，而且當希麗察靠近的時候，妳可以念經來保護自己。最後，如果妳可以，而且希麗察也同意，我想建議妳再和它談一談。」老師回答。

什麼東西？老師要我和鬼聊天嗎？

「這樣我們才可以得到足夠的資訊來讓它離開。」老師接著說明。

「希望事情越快結束越好。」

我們都沒有說話，知道老師幾乎承擔了全部的事情。由於老師保存了那枚錢幣，我想現在有很多鬼想要去找老師了。

我想知道結果，而且也希望當事情結束的時候，老師依舊還是陪著我，當然也希望大家可以一起努力到最後。

關於去參加朋友的葬禮，進而在廟裡過夜這件事情，媽媽並沒有罵我。我凌晨五點回到家，休息一下，接著就換上衣服，準備在早上七點前到學校。當我到了學校前的巷道，發現大家已經在那裡等我了。

我們到學校的時候，有一些同學走過來跟我們聊天，想要安慰我們關於小露死亡的事情。但是沒有人像小娜那樣難過，哭了一整天，而且她不想聽到一些虛假的言語，所以就先走到外面。

當我、小川和那些同學結束對話之後，我們也走到外面。我們看到小娜坐在雞蛋樹下面，眼睛很紅。她想嘗試著微笑，但忘不了小露的事情，特別是想到小露死在天花板上的慘狀，更是讓她難以釋懷。而這樣的感覺，也變成我們的惡夢。

「這個事情快要結束了，而且我們每一個人都會平平安安的。」我安慰小娜。

小娜點頭，抓住我的手。接著我們看了足球場的另一邊，那裡是小邦不幸死亡的地方，而且還可以看到地上的血漬與被壓斷的柵欄尖刺，但是小邦的屍體已經被送到醫院保存，不在那裡了，而他的葬禮將會在下個星期舉辦。

在小邦死亡的那一天下午，老師們紛紛告訴自己班上的學生，不可以爬到陽台外面。而我想特別是靠近小邦掉下去的那個陽台，應該是沒有人敢爬出去了吧！

現在沒有半個人敢靠近小邦死亡的那個通道，除了害怕，大家也擔心如果經過那邊，將會帶來未知的厄運。我在想，那裡可能還殘留著小邦的血肉，可能在地板上，或是在旁邊的植物上。

「妳們看起來不太舒服呢！」突然有個聲音傳來。我轉過頭，原來是小薇學姐，她看起高高的，頭髮長長的，臉蛋也挺漂亮的，但是我卻從來沒有看過她真正的笑容。「下個星期一是小邦的葬禮，最近我們學校已經死了好幾個學生了。」她接著說。

「這倒是真的，我們昨天去參加小露的葬禮，早上才回來，整理了一下就來學校上課了。學姐有過這樣的情況，是不是？」我說。

她苦笑說：「可能吧！但是我遇過的情況應該比妳還多。在完成遊戲的期限過後，我的朋友們一個接著一個死掉，而妳現在才只有一個朋友離開而已。」

「學姐，現在跟這個遊戲有關係的人，好像還有一個人還沒有死，所以妳不需要害怕。」小娜說。

「當我朋友死的時候，我除了在葬禮上哭，還能做什麼嗎？這樣的感覺應該是比較痛苦吧！我也不知道該怎麼形容，他們有我愛的人，有我認識的人。但是無論是誰死，我都只能接受他們已經離開的事實。」小薇說。

「這很像誰把我們的五臟六腑拿走，身體裡面空空的，我也有這樣的感覺過。」小娜點頭，表示同意學姐的看法。

「我要引用坤庫老師說過的話，當差猜死的時候，他跟我說：『讓他走，我們無能為力。』」

讓他走……

聽起來有點嘲諷，但也挺中肯的，這時小娜又開始哭了起來。

「讓他走，我們無能為力。」小薇學姐安慰小娜。

我握著小娜的手，心裡也覺得怪怪的……

感覺像是有誰已經把我的身體全部掏空，只剩下無限的空虛感。

半夜到學校

我在坤庫老師的休息室前晃來晃去，直到老師從裡面走出來。

「老師！」我叫。

「喔，小珠，還沒有回家嗎？」

「我還有事情要問老師，是關於希麗察……」

「我會自己處理這件事。」老師急忙回答，他的眼球動得很快，看起來怕被誰聽到一樣。

「妳們什麼都不要做，我大概知道該怎麼贏這個遊戲了。妳們都待在家裡好了，盡量不要一個人獨處，還有記得跟大家講要戴佛牌喔。」

「老師有什麼計畫嗎？」我不死心，繼續追問。

「我要盡量在這個星期之內，把這個事情解決。」坤庫老師一說完就離開了。

我看著老師離去，心裡還是擔心著這件事。老師像是不想讓我跟他的計畫扯上關係，但是一開始是我請老師來幫忙的啊！

為了和小娜她們見面，我準備下樓去，但是突然聽到有兩個老師在聊天。

「今天晚上是誰值班呢？」

「坤庫老師吧！」

「那今晚應該會很精彩吧！每當坤庫老師值班的時候，一定都會發生奇怪的事情。」

有個老師竊笑著說：「對啊，而且我們學校旁邊是廟[1]。」

我跑到一樓樹下的桌子旁，小娜和小川正在那裡背英文單字。但是當她們一見到我，她們就停下來了。

「有什麼新的消息嗎？」小娜問。

「坤庫老師一定有新的計畫，而且今天晚上是坤庫老師值班，他一定會好好利用今晚的。」我說。

「他要找希麗察嗎？老師說過如果要贏希麗察，方法只有一個，就是讓它安息。」小川說。

「應該是那樣。」

我在小川旁邊坐了下來，接著說：「老師好像不想讓我們參與他的計畫，而且他要我們好好照顧自己，也要記得戴佛牌，不要一個人獨處。」

「我覺得要小心的人是老師自己，但把老師拉進這件事中的卻是我們啊！」小娜說。

「好啦，我們不應該讓老師一個人面對，我們一定要幫老師。」小川建議。

說起來有一點可笑，其實是老師來幫忙我們，而不是我們幫忙老師。在小娜和小川正在討論今晚要如何進到學校裡面時，我正在想，為什麼無論我問什麼問題，老師都不給我任何答案呢？

為什麼希麗察會常常出現在我面前？為什麼在我旁邊的人一定會受到傷害？這些事情彼此之間會有什麼關係嗎？如果事情沒那麼嚴重，老師應該可以告訴我答案才是。

那究竟為什麼老師不跟我說，真的有那麼糟嗎？希麗察到底跟我有什麼關係呢？

「小珠！」

「什……什麼？」

註釋

1 泰國人相信廟附近會有很多鬼魂。

「妳有沒有在聽我講話啊！」小娜大聲問我，接著說：「今天晚上七點在學校門口見面好不好？」

我點頭表示同意，而我剛剛所想的事情就因此被壓到了記憶深處，就像是馬桶裡被沖掉的東西一樣。（我真的很會比喻。）接著我們就站了起來，一起走回家，經過學校的佛像時，我停下來念了經，但心裡還在納悶，今天晚上到底會發生什麼事呢？

在我頭上有一大片的烏雲，我抬頭看到這個景像，覺得有點恐懼，彷彿有人把我原來的想法抽離，給了我一個新想法「不要來」。

「小珠，妳在等什麼？」小川叫我，然後牽著我的手一起走出學校。

當我要從二樓偷跑出去時，時間已經快來不及了。到了學校後，看到小娜和小川已經在等我了，她們兩個人看起來鬼鬼祟祟的。

「我們實在不應該約在這裡，剛剛有三個男生走了過去，他們一直看我們。」小娜說。

「那我們要從哪裡進去呢？」我問。

「同樣的路線，從男生廁所那裡。」

我們笨拙地爬過學校後面的小通道與男生廁所之間的矮牆，接著走到二號大樓下面的通道。這個時候學校裡很黑，只有社會科老師休息室的燈是打開的。

「坤庫老師在那裡，我們一起去找老師吧。」小川說。

「不要！不要讓老師知道我們來這裡。」我搖了搖頭。

「那如果老師不小心看到我們怎麼辦？」她問。

「就不要讓他看到就好了！」小娜不太高興地回答。

我們每個人都拿著一個手電筒，試著倚牆前進，不想讓休息室裡的老師看到。突然，我聽到從泰文教室傳來一個聲音，於是我們馬上關掉了手電筒，躲到廁所裡。

「沒有人在這裡。」有一個男生說，但不是坤庫老師的聲音。

「我們去三樓。」有另一個聲音說，我記得這好像是數學老師的聲音。

「咦，不是只有坤庫老師值班嗎？」小娜小聲地問。

「我不知道。」我回答。

「好啦，先往前走，記得不要開燈喔！」我接著說。

因為只有來自外頭的微弱燈光，所以我們只能在黑暗的環境中往前，而這條通道實在很黑，特別是越靠近最後一間教室越黑，主要是因為被另一棟大樓遮蔽所致。

「喂……聽說那一間教室有鬼。」小娜開玩笑地說，而小川則是白了小娜一眼。走路時小川一直抓著我的衣服，我怕到了半夜的時候，我的衣服就被拉得歪七扭八了。

「我們要往哪裡走呢？」小川聲音顫抖地問。

「我們不是要自己去抓鬼啦！我們去坤庫老師的休息室躲起來等他好了。小珠是不是？」小娜說。

「嗯。」

「小珠，不要用那樣的聲音回答啦！」小川打了我的背。什麼東西，我還沒有……

「我還沒有……」當我看到前面的通道，突然發不出聲音來。

這裡是哪裡？

「小珠，我們開燈吧，都看不到路了。」我聽到小娜很著急地說，接著就聽到想要開手電筒的聲音，但是她還沒有打開，四周仍是一片漆黑。這時我手裡緊緊握著手電筒，緊張到心臟快從嘴裡跳出來了。

哎唷……

「停！」我伸開了雙臂阻止她們繼續前進。

「這裡看起來怪怪的，我們應該是正走在二樓的通道吧！」我說。

「對啊，有什麼事嗎？」小川問。

「但是這裡……」我指那個鐵門給她們看，那個是三樓通道那裡的鐵門，不是嗎？但是看來看去，又變成了視聽教室的玻璃門，呃……我感到有點困惑。

當我發現事情又恢復正常時，我抓了抓頭，覺得有點奇怪，而且好像只有我遇到這個詭異的情況。因為小川的手電筒有一點故障，小娜和小川正試著要修理它，小娜先把她的手電筒放到口袋，然後用另一隻手打開小川的手電筒，要看看裡面的電路情況。我看著小娜試著修理手電筒，接著突然看到視聽教室裡的窗簾動了一下！

「小娜！」我叫她。

「什麼？」小娜問，但是她似乎沒有要理我。

「妳有看到後面嗎？」我指給她看，但她看起來不太高興。

「那裡有什麼？不要玩了好不好，小珠。妳看看手電筒還可不可以用。」

「就是……」我張大了嘴巴，說不出話。

窗簾慢慢被打開，打開它的是一雙紅色、瘦瘦的且腐爛的手，接著有個老婦人的臉突然伸出來，黏在玻璃上。她的臉看起來是很難過的；紫色的舌頭甩來甩去，最後也是黏在玻璃上面；而她快要掉出來的眼球，看起來更像是要跟我們開玩笑。最後她嘗試要……

「小娜！」我大聲慘叫。當她們聽到我的慘叫，也都叫出聲來，看起來比看到鬼的我還要誇張。接著，小娜嚇一跳時手不小心打開了在她口袋裡的手電筒，光線直接照在那片玻璃上，而這一照，所有東西突然全都消失了。

窗簾又回到拉起來的樣子。

「什麼？什麼？」小娜叫了出來，接著左右張望。而小川則是跑過來抱著我，她一直哭一直哭，比真的看到鬼的我還要害怕。「什麼東西？我什麼也沒看到！」小娜邊罵邊用手電筒照著後面與前面的通道。

「我看到一個老婦人在妳後面！」我指那片玻璃給小娜看。她慢慢走過來這裡，除了不太相信外，也有一點害怕。

「妳看到了什麼？鬼嗎？」她問。

「就是鬼啦！」我強調，然後小川抱得更緊了。

「在哪裡？」

「在……」我本來要指那一片玻璃，但是我突然指了其他地方。

小川停止哭泣，並往我指的方向看了一下。我沒有注意小川的臉色變得怎麼樣，我只知道我的臉色變得很難看。

那個老婦人現在已經把手放在小娜背後了，她冷冷地笑，並且發出了沙啞的聲音。

「啊！」小川不知道哪來的神力，把我拉了過來。這時小娜驚恐地大叫，我和小川也同樣地大叫，我們的叫聲可能幾乎整個學校都可以聽得見了。小娜跌坐在地板上，她的腳和嘴唇都不斷發抖，手電筒也從手上掉了下來，然後她轉過頭去，不想要看到背後的情況。

我回過神了，跑去搖小娜的肩膀，而另一手則是伸到她的背後，想要把在她背後的東西推走。然後我把小娜拉進我的懷裡，我們的臉幾乎快貼在一起了，但我卻突然聞到一陣腐爛的味道，是來自於小娜的身體。

「啊！」我用力拍打著抱著小娜的那雙腐敗雙手，邊打邊罵，大聲到我想全校都可以聽到我的聲音了。我從來沒有那麼暴躁過，不過當我看到小娜被鬼抓的時候，我就想到了小露的事情。

「出去！出去！給我出去！」

小娜一直掙扎，她的指甲不小心劃到我的臉。然後她的雙手伸到了背後，想要趕走在她背後的東西，這時她的臉看起來又紅又擔心，我們兩個人看起來正在打架一樣。現在，只有掉在地上的手電筒發出了微微的亮光。

「小娜，不要動！」我告訴她，但她依然是又動又叫。

「把它從我的背上趕走，把它趕走！」

「小川，幫幫我！」我叫她，然後突然出現一隻手。

但不是小川的手。這隻手讓小川更害怕，但這隻手也救了我們。

那隻手跑到小娜的後面，我感到一陣毛骨悚然，接著在小娜背後的鬼突然消失了。

我轉過頭，恐懼的感覺還在。

但我看到一位老師，是我們曾經見到過的，是在那個球場旁邊。另外，我們也曾經看過坤庫老師跟他打過招呼。

我和小娜鬆了一口氣，然後跌坐到地上，而那個老師也低頭看著我們，慢慢走進視聽教室裡，然後消失。

「誰在那裡啊？」

我站起來，一手拿著手電筒，另一手抓著小娜的手，然後我們三個人跑到陽台的另一邊。小川現在應該還好，但我想小娜已經瀕臨發瘋的邊緣了。我繼續拉著正在哭泣的小娜，接著和小川一起跑下樓，躲在樓梯旁的廁所裡。

「一定是學校的學生。」聽到外面的一個男生說。他一定在離我們不遠的地方，於是我和小川就抱著小娜，直到外面的腳步聲消失。

小川打開手電筒，照在我臉上，接著說：「妳流血了耶！」

我用手擦掉臉上的血，但因為汗水流進了傷口，所以很痛。小娜這時看著我，跟我說對不起。

我接受了她的道歉。小娜失去控制而導致我受傷，這算是第二次了。第一次就是在小露死後的隔天，她把我和希麗察搞混了，所以她就抓著我的頭去撞地板；而這一次，她則是發瘋到不要讓我靠近幫忙她。

當我接受了小娜的道歉之後，小川看到我一語不發，就問我：「小珠，妳怎麼了？」

「沒有啦！我只是納悶……」

「納悶？」

「啪！（手拍玻璃的聲音）」

我們都嚇了一跳，紛紛抬頭看著上面。我們看到了黑色的陰影正壓在毛玻璃上，持續拍打著。

「什麼東西？」小娜害怕地問。

我們三個人抱在一起，然後看到玻璃上的陰影越來越多，也聽到越來越多的拍擊聲。

接著，那些陰影試著要進到廁所裡。

我站了起來，為了要出去外面，我抓住了門把。

「碰！」我們三個人退了回來，看起來有什麼東西要破門而入了……

痛苦欲絕

「碰！碰！」

門把搖得很大力，很像有人要開門進來一樣，我們三個人抱在一起，感到很害怕。

「還是是老師呢？」我說，雖然我心裡並不太相信。

「開……開門出去看看吧……」

小川提議，然後走向前準備要開門。但是我們突然聽到玻璃破掉的聲音，緊接著玻璃的碎片就從上面掉到我們身上，小川不過因此嚇了一跳，邊慘叫邊往後跑。

現在門把已經不再搖動了，原來有玻璃的地方，已經變得空空的，只剩下邊緣的框架。

不一會兒，突然有很多隻手出現在那裡，那些手看起來小小的，很像是小孩的手，而且手上有許多傷口和血乾掉後的痕跡。接著就聽到有人在鬼吼鬼叫，越來越清楚，越來越靠近。

「小珠！」

我趕快抓住門把，想要開門出去，但是從另一側傳來的阻力，讓我沒辦法打開。

「打開啦！小珠！」小川大叫，感覺相當害怕。但我搖了搖頭，而且身體越來越熱。

發生了什麼事？發生了什麼事？

小娜繞過了我，試著要自己打開門，但是不管怎麼做，門就是聞風不動，看起來沒有辦法打開。這時我看到了在上面的手，嘗試著要進來的手。

「喂！到底是誰鎖門的。」

「不要……不要去……」

「小珠，妳不要這樣講話。」小娜生氣地說。我馬上回她：「是誰說的？」

「不……不是我啊！」小川搖頭否認。

我慢慢轉頭去看後面，有個穿著制服、矮矮的小女孩站在那。如果沒有仔細看，它看起來就像是普通的人，但我知道它不是。不過它的樣子看起來還好，而且如果不知道它是怎麼死的，我倒是可以接受這個情況。

「妳是誰？」我問。

那個小妹妹指著上面說：「跟它們一樣，就是那些啦。」

「那妳為什麼在這裡？」

「我們被埋在這裡……我們被埋在這裡……」她一直重複這句話，我聽著聽著，再轉頭去看上面，那些手已經全都不見了。

「砰！（門被打破的聲音）」

「啊！」

門被打破了，我嚇了一跳，手電筒也不小心掉到地上，廁所頓時陷入一片漆黑。這時，突然有手電筒的光往我臉上照，後來發現是小川在到處亂照，而我藉由這一點光線，可以看到她的臉是十分恐懼的。

同時，這些手伴隨著腐爛的身體，穿過門進來這裡。我聞到腐爛的氣味與藥水混合在一起的味道，而那些手不斷地在空中揮來揮去，似乎嘗試著要抓住我。

「不要！」我大叫，有一隻腐爛的手不小心抓到我的嘴巴。好奇怪，一開始我以為這只是假象，但我卻是真的聞到，也吃到了腐肉鹹鹹的味道。而之前小川手電筒的燈光，讓我看到它們痛苦的臉，就像是遊戲裡面的殭屍一樣。不過現在燈光消失了，我猜想小川可能也被它們抓住了。

我往前撥開擋在我前面的東西，是一團黏黏稠稠的腐肉，還有一些黃色具有腐臭味的膿滴了下來，接著我抓住一隻冰冷的手，緊緊握著它，它摸起軟軟的，是普通人的手！

「小珠！小珠！」小娜叫我的名字，原來那隻手是小娜的，讓我們可以拉住靠近彼此。而這時這些可怕的東西突然跑了出去，但又馬上跑進來。這次它們並沒有什麼特別的行為，只有發出一點聲音和試著抓住我們。我想這些應該是被埋在這裡的學生，但是為什麼被埋、何時被埋、埋在哪裡，我一點都不知道。

「小川！」我喊叫，試著要找她。突然間，我的肩膀碰到了一件破掉的襯衫，他是一個小學生，他邊哭邊嘗試要跟我說話。另外，我在角落看到小川的腳，不過她沒發出聲音，她的嘴巴被腐爛的手摀住了。

「放開她！」我一直罵，用我所知道的字一直罵。而小娜則是推開那些可以動的腐肉，跑去抱著小川的肩膀，接著把她拉起來。小川一直哭，雙手不斷地擦試著嘴巴，想要把那些腐肉撥掉。這時我趕緊推著她們兩個，想一起跑到廁所外面。不過當我正要走出去的時候，很多手抓住了我的身體，把我又抓進廁所裡。

「去！」我本來要罵出來了，不過當我再次看到那個小妹妹痛苦的臉，我突然停了下來。

「拜託，請幫忙我們，請帶我們從這裡出去。」她一邊說，眼眶裡盡是淚水。

「我不知道要怎麼幫你們。」我很嚴肅地回答。這個時候抓著我的手，全部都放開了，只剩下我和那個小妹妹站在那裡。

「為什麼不幫我們？」

「我真的不知道怎麼幫忙你們。」我又說了一次。

「她們可以幫忙我們，妳也可以幫忙我們，為什麼！為什麼！」她緊握雙拳，然後跑向我，這時原本普通的臉變成了一張破碎的臉，像是被什麼東西壓到一樣，腦漿四溢，眼球也跑了出來。

我大叫，轉身想要逃出去，這時原本消失的手，又再次抓住了我的身體。但我的雙手卻感覺到朋友的溫暖，小娜和小川正試著要把我從那邊拉出來。不過那些屍體帶來的阻力也是挺大的，我放聲大叫，身體彷彿快被撕成兩半了。

最後，我幸運地逃了出來，我們三個人趕緊跑上樓梯。現在也不管會不會被老師發現了，畢竟被老師發現要比被那些鬼活埋要好多了。

我們轉彎要去六號大樓。前面的通道很黑，不過隱約可以看到一扇玻璃門，那是用來分隔上課區域與辦公區域的。在辦公區域裡，主要是校長室與一些行政單位。我試著推開那扇門，不過被鎖住了。

「樓梯！樓梯！」小娜大叫，接著她拉我到旁邊的樓梯，準備要上去三樓。到了三樓，我們跑去社會科學教室。由於教室裡有裝冷氣，所以有一扇玻璃門分隔了教室與外面的通道。我們試著進去教室中，想到後面的休息室去找坤庫老師，不過我們發現玻璃門被鎖住了。

「回頭好了。」我告訴大家。當我們一轉頭，就看到有人站在通道尾端。

我們停下腳步，而我嘗試仔細地看那個陰影，我想應該是個男生，我們看到的是他的側面，而他正注視著前方的教室。因為眼睛越來越適應，所以也看得越來越清楚。

「是老師嗎？」小川問，她接著說：「老……老師！」小川跑上前去，小娜雖然也跟著她跑，不過感覺到她也是不太確定。我留在原地，並回頭望，休息室裡的燈還亮著，感到很奇怪，那是老師嗎？為什麼老師沒有跟我們打招呼？他應該已經看到我們了。

「小娜！小川！回來這裡！」我警告她們，但是已經來不及了。我看到她們跑向那個黑色的陰影，不一會就聽到了慘叫的聲音。她們有一個人跌倒在地板上，不過我看不太清楚是誰，然後那個黑色的陰影突然轉頭看我。

它一半的臉消失不見，另外一半的臉則是殘缺不全，眼睛和鼻子幾乎都要掉下去了。我看到它慢慢地靠近我，我心中卻感覺有點怪怪的。

它是飄過來的……飄過來……

這個黑色陰影的腳一定沒有碰到地板。應該說，其實它沒有腳，我看到它的灰色腳踝以下什麼都沒有，它是平穩地飄過來的。

我突然發現，他們兩個不見了……

「我要妳……我要妳的身體……我要妳的靈魂……」

「我的朋友們在哪裡？小娜！小川！你把她們藏在哪裡？」

「妳不要挑戰我！我要殺了妳！啊……」

那個陰影快速地靠近我，我伸出雙手想要保護自己。我感覺到有冰冷的東西穿過了我熱熱的身體，就像是有人把熱水倒進去冰塊裡一樣，我的身體幾乎快要融化了。

「啊！」我的舌頭很熱，臉也很熱，不斷甩動著雙手，然後我就跌到地板上，痛苦欲絕。

我試著要去抓住樓梯的扶手，不時發出喘氣的聲音，仍舊是驚魂未定。我用雙手握著我的脖子，因為看起來它慢慢地裂開，像是有人用刀子切開我的脖子一樣。由於血不斷地從我的指縫間流下來，我放下雙手，想要看看手掌上的情況。不過很快地我又握住了脖子，怕我的脖子會真的裂開。

「不……咳……不……咳。」我被血嗆到，接著吐了出來。我的眼睛很痛，鼻子歪斜，另一隻手仍然抓住樓梯的扶手。我的脖子有一大道傷口，這時有個聲音進到我的頭腦裡，很像是塑膠袋被揉來揉去的聲音。現在我叫不出來，一部分的血卡在喉嚨中，一部分則是汩汩地從裂口中流出來。

我看到我的手變得很蒼白，然後越來越腫，像是已經死掉很久的屍體一樣；我的腳受了傷，讓我沒辦法站穩；身體已經沒有力氣，整個人摔到地板上；脖子很痛，似乎有人在切我的脖子一樣。

「……老師！」我用盡最後的力氣叫了出來，但是發出的聲音就像是含著水講話一樣。但無論如何，我嘗試要更大聲地叫：「老師！」

「放開她！我告訴你放開她！」有人大叫，不過這個聲音聽起來在很遠的地方。現在的我完全沒有力氣了，也沒有辦法做出任何回應，連握住脖子的手也掉了下來。突然間，有人抓住了我的手，嘴裡念念有詞，看起來像是在念經文。他一直念一直念，直到我身體裡的痛楚全部消失為止。

像是做了一場惡夢，後來我第一個看到的臉，就是那位總是幫忙我們的人，坤庫老師就站在我的眼前。我看到他的眉毛幾乎皺到連在一起，然後他抱著我。他一直哭一直哭，大叫都是他的錯，才會讓我遇到這樣的事情。

「小珠，妳有聽到老師說話嗎？」老師問我。我嘗試要睜開眼睛，但我的眼皮莫名的沉重，我只能動嘴小聲地說簡短的句子。老師點頭，看起來他有聽到我說的話，然後他說：

「等一下我要去幫忙小娜和小川。」

再來一起玩吧

我跟小娜和小珠走散了。我還記得那個我以為是老師的陰影。當我越來越靠近它時，卻什麼東西也沒看到，眼睛彷彿被蒙住了。突然間我的腳絆了一下，整個人摔在地上，這時我才發現自己和其他人走散了。

當我再次睜開眼睛，我眨了眨眼，想要看清楚周遭的情況，但卻一點都不知道自己現在在哪。在學校裡嗎？看起來不太像，還是是在學校的教室裡？我看到一個小小方正的地方，裡面有很多舊書桌，還有很舊的黑板。

為了離開這邊，我試著去找出口，但裡面的情況讓我覺得有點詭異。一開始我看到左邊有三張書桌，但是再看一次，卻變成了兩張；原本我看到角落有一個竹編的垃圾桶，但當我再看一次，它卻自己移動出來。

這些東西都是放在一間沒有門的房間裡，而且連一扇對外窗都沒有。但在牆上有很多小小的洞，可以讓外面的光線照進來，讓這個房間不至於那麼昏暗，但也不太亮。我像是一隻迷惘困惑的動物，正站在這個沒有人的房間中央。

「有人在這裡嗎？」我鼓起勇氣叫了出來。但是只聽到自己的回音，而這又讓我的恐懼感更深了一點。

「救救我！」我叫得更大聲。我以為會和上次的情況相同，但這次情況並不一樣，我並沒有聽到自己的回音。在我講完之後，約沉默了三秒鐘，我聽到有人回答的聲音。

「嘻嘻，沒有人會救妳。」

「誰……誰呢？」

「小川沒有人會救妳，妳是小川是不是，妳是小川，嘻嘻，沒有人會救妳啦。」

那是個小小刺耳的聲音，聽起來很不舒服。但我也不像小露和小珠那麼勇敢，敢和這個鬼魂打架、吵架或是罵它。我不敢這樣做，也不敢跟它說話。

「聽我說，小川，妳要跟我一起在這裡，還是要出去呢？」

「不要，我要出去！」我一直搖頭。

「門都沒有。」它模仿我的聲音說，然後一直笑一直笑，它的笑聲幾乎快讓我受不了了。

「畫圖……畫圖……」它開始唱起歌來。這時候，黑板上突然出現白色的粉筆，開始畫出一個歪斜的臉，我看到後，嚇得目瞪口呆。而粉筆和黑板之間摩擦所發出的聲音，讓我感覺像牙齒過敏般難受。然後它繼續唱：「我要畫妳……妳要當什麼呢……」

「啊！不要！」我大叫，手不自覺地摀住嘴巴。

黑板上畫好的圖，很像是紙被揉過後的情況。圖裡的臉歪歪的，嘴巴和眼睛都張得很大，看起來十分恐懼。然後那個臉突然被上下拉長，臉的兩側往內凹陷，嘴巴也變得很畸形。這個圖是代表我的臉嗎？

「小川，就是妳！」這個奇怪的聲音聽起來有勝利的感覺。

「碰！」我的腳突然扭了一下，接著整個人摔倒在佈滿灰塵的咖啡色木頭地板上。因為我沒有預期自己會摔倒，所以並沒有做任何保護動作。我的膝蓋又痛又麻，周圍的肌肉不停抽動，全身發抖，手也不停顫抖。而隨著那個鬼的笑聲，我發抖的情況越來越嚴重。

「一起畫圖……一起畫圖……我要怎麼畫妳呢……我要怎麼畫妳呢……」

「啊！」我感覺到身體被拉開來，像是有千百隻手拉著我的身體，往四面八方拉開；我的頭不斷被擠壓，相當痛苦。而我越叫，越能聽到那個極度討厭的笑聲。我從慘叫變成哭泣，再從哭泣變為慘叫，幾乎要崩潰了。而這時，我的頭真的被拉長了，還能聽到骨頭被拉開的聲音。

現在的我已經沒辦法看自己的情況了，痛苦的感覺讓我在地板上死命掙扎。現在不管是誰看到我，一定都會很同情我的遭遇。由於極度的痛苦，我的手到處亂抓，不小心抓到了一根木頭，接著我就聽到東西陸續倒下的聲音，就像是玩骨牌的情形。

「碰！碰！」

我用一隻手撐著地板站了起來，另一隻手則是摸摸自己的脖子。接著我看到在房間裡有很多書桌倒成一片，我摸了摸我的頭髮，雜亂的程度像是被一百隻手抓過一樣。而當我再次回神之後，我就看到那個討厭笑聲的真正主人了。

「一點都不好玩……」我看到一個留著妹妹頭的小女生，它的臉看起來不太滿意。如果它跟我一樣是人的話，其實一點也不可怕。

「我再加一點東西到圖畫上好了。」說完就突然消失了。

這時原本靜止的粉筆又開始動了，它移動到那張歪臉的額頭上。

「噢！」我叫了出來，我的額頭很痛，而且逐漸蔓延到全身。我用手去摸我的額頭，在昏暗的情況下，我看到手上都是鮮紅的血。我渾身冰冷，不斷顫抖。

接著，那支粉筆又飛到黑板上一次，這次它從我左邊的臉頰上方畫了下來。

我的臉被切了一道長長的傷口，看起來就像黑板上的那張臉一樣。我一直看著那張臉，又生氣又痛苦。然後那支粉筆又飛上去一次，這次則是很快地在圖上不斷地畫線。

「啊！」

「哈哈，真好玩！」

「停！馬上停！」

臉上彷彿被很多刀子劃過，極度疼痛。我用雙手摀住臉，並且一直叫一直叫，血則是不斷地流下來。我閉上了眼睛，跑上前試著要用手擦掉那張畫。

「嘻嘻嘻，好好玩喔！」

我用沾滿著血的手，試著擦掉黑板上的圖畫，而由於我閉上眼睛，所以我看不到前方的東西。另外，現在我的頭很痛，幾乎無法控制自己的行為。混亂中我撞到黑板附近的桌子，掙扎揮動的雙手不小心抓到那支粉筆。於是，我把那支粉筆用力敲向桌子，直到它斷裂為止。

笑聲突然消失了。

我倒在地板上，感覺四周一片漆黑。而在寂靜的情況之下，我只有聽到自己疲累的喘氣聲。

我的眼皮幾乎要闔上了，但是在我快完全闔上之前，我看到了一隻手伸向了我。

「嘻嘻嘻，很好玩吧！再一起來玩吧小川！」

「小川！」

朋友的背叛

坤庫老師要我在休息室等他，直到他和小娜、小川回來為止。由於我極度疲倦，一句話都沒說就點頭答應了。

當老師走出去找小娜和小川時，我只看到老師的背影慢慢消失在黑暗的通道中。但我實在沒有辦法只在這裡等，我無法丟下我的朋友。小露的死，就像一把刀架在我的脖子上，時時刻刻警惕著我不可以丟下朋友。現在的我，有著要負責別人生命的壓力，而我想坤庫老師也會有這樣的感覺。

現在我的身體是麻木的，如果要往前動一點點，勢必要集合我全身的力量才行。我往前動的時候，椅子也跟著一起移動。我試著用雙手撐住椅子的扶手，慢慢地站起來，但一不小心，就整個人摔到地板上。我真的好同情這樣的自己。

「哎唷……」我叫了出來，感覺自己現在就像是懷孕的人，沒有辦法自己做些什麼。

現在的我站不起來，只能在地板上慢慢爬行，搞得自己快要變成鬼一樣。

我只能在地板上爬行嗎？

當我要爬到休息室門口的途中，突然想到了希麗察，現在它似乎已經消失了，為什麼它不像之前那樣跟著我呢？它發生了什麼事？最近我都沒有看到它。

我想應該是坤庫老師加入這個遊戲的緣故吧！我越想越覺得是自己的錯，用自己的生命當賭注還不夠，還要拉什麼別人跟這個遊戲扯上關係。小珠妳真是個大爛人！

從門口的玻璃門，我看到了自己在地板爬行的陰影，我自嘲自己看起來真的很像鬼。

但是看來看去……

「不對，我沒有做這樣的動作。」我仔細看著玻璃門裡的陰影，雖然看不太清楚，但隱隱約約還是可以看到，這個陰影趴著並用兩個手掌撐地爬行，但我卻是仰著身子用手肘前進的呀！

「呵呵呵……」我小聲地苦笑。突然間，那個黑色的陰影很快地靠近我，很像鬼片中的場景。

「啊！」我站了起來，發瘋似地亂吼亂叫，真不知道我的力量是從哪裡來的。接著，我拉開休息室的玻璃門，經過教室跑到三樓的通道，我邊跑邊張開嘴巴想叫，看起來我還沒有發洩完全一樣。

然後我到達了連結六號大樓與四號大樓的通道，心跳跳得很快，身體也從原先的冰冷變得很熱很熱，這應該是因為恐懼的關係吧。

瘋了，老師怎麼會讓我一個人留在有鬼的休息室呢？

我繼續跑，跑到了藝術教室，這裡很黑，幾乎看不到什麼東西，也加深了我的恐懼感。因此，我決定轉身走下樓，不過當下忽然聽到有人慘叫的聲音。

接著我跑到了球場旁邊，向四周望了望，卻沒有看到半個人。不過我的心臟依舊跳得很快，快到要從身體裡跳出去一樣。我想那個慘叫聲，一定是我朋友的，但是是誰呢？

「不要！不要！」

我抬頭看到二號大樓的四樓陽台有個陰影，但是再仔細看，是一個人站在那裡。她的雙手不斷掙扎，感覺相當害怕。

「不要！」

我再往前靠近一點，再抬頭看了一次，現在我清楚地看到是小娜站在那裡，而她的雙腳幾乎快從陽台滑出去了。接著，我看到她抓住了某樣東西，不斷慘叫。而陽台裡面則是坤庫老師和小川，他們試著伸出手拉住小娜。

「小娜！」我叫她，但是她沒有聽到我的聲音。

「不要殺我！小露！不要！」我聽到小娜一直拜託。

「小露……」小娜持續掙扎，而小露則是穿著白色的衣服，用一隻手掐住了小娜的脖子，看起來就像要推她下去一樣。

「不……不要，小露！」

「小娜，握著老師的手！」

坤庫老師大叫了一聲，接著爬出去外面的陽台。而在他抱住小娜的同時，小露就消失了。我鬆了一口氣，趕緊跑到四樓的陽台。我看到他們跪坐在地上，也聽到有人啜泣的聲音。

「小娜！小川！」我跑去擁抱大家，然後哭了出來。

「對不起，我太慢警告妳們了。」

「我們都還好，小珠，我們都很安全。」小川顫抖地說。

「但是小露不知道發生了什麼事……」

「小露要殺我！」小娜告訴我，她看起還是很害怕，臉色也很蒼白。然後接著說：「為什麼呢？她說我是背叛她的朋友！她說我應該死，去跟她在一起。」

「小娜，不會有誰死！不會有……不會有……」我邊說邊抱著她。

「我們一起下去下面吧。」老師說。於是老師慢慢地把小娜扶起來，我們一起走到樓下。我們打算經過球場，直接從校門口出去，而在途中，我看到了我們先前玩遊戲的那個涼亭。而我們四個人一起玩的回憶，就像涼亭表面的漆一樣，慢慢地消失不見。

「小珠，有什麼事嗎？」

當我停下來時，老師問我。

「我們在這裡玩過。」我指著那個涼亭。

「這裡……我們四個人開始玩一百個鬼魂的遊戲的地方。」

我們站了一段時間後，坤庫老師走近那個涼亭，似乎想到了什麼。他用雙手握著亭裡的桌沿，抬頭看著天花板。

「碰！」

有一隻灰色的手從天花板伸了出來，抓住了老師的衣領，想要把他拉上去。但是老師的雙手緊緊地抓住桌沿，腳則是抵住桌腳，不讓自己被抓上去。

「老師！」

我跑進涼亭抓住老師的手，試著要把他和灰色的手分開，我知道那隻手是誰的。小娜和小川也跟著我跑了進來，一起幫忙要把老師推出去涼亭外面。在一陣兵荒馬亂之際，突然有一隻冰冷的手掐住了我的脖子，馬上把我抓了上去，接著我撞到了涼亭的天花板。

「噢！」我突然感到一陣暈眩，眼前也濛濛的，然後隱約看到一個陰影變成一張歪掉的臉，越來越靠近我。這時我感覺到有好幾隻手抓住了我的身體和頭。那一隻冰冷的手依舊掐住我的脖子，它越掐越緊。我聞到了腐爛的味道，也聽到屍體動來動去的聲音。

「放開我！」我奮力地甩開雙手，然後伸手抓住那隻冰冷的手，我試著用指甲去攻擊它，但是它似乎沒有什麼感覺。

「小珠！念經！小珠！」

小娜提醒了我，於是我開始念一些佛經。

然後，我的身體被拉出涼亭外，小娜和小川也同樣被拉了出來，我們三個人都被丟到了籃球架下面。

「噢！」因為我壓在小娜的手上，所以她叫了出來。接著我們協助彼此站了起來。

「趕快回家吧！不要留在沒有佛像的房間！」

老師跑過來說，然後推了我一把，要我們三個人趕快離開，於是我們就跑到了球場的另一邊。我轉頭看著老師，他仍然站在那裡，不過他看起來很平靜，看起來他要終結這場戰爭。

「老師會怎麼樣嗎？」小川問，然後轉身看著老師。

「不會吧！他這麼厲害。我不擔心老師跟其他鬼對抗，但是我怕他沒有辦法跟希麗察對抗！」小娜回答。

對！我也這麼覺得，希麗察比其他鬼要兇多了。

這時後面突然出現一個聲音，我們都停下腳步，一起轉頭往後看。

「那個是什麼聲音？」

「不知道，而且我也看不到什麼東西。」我搖搖頭。

小娜往前走了幾步，瞇著眼睛看著前方，但只看到一片黑。

「小珠，我們一起回去幫忙老師吧，老師一定會被殺，走吧小珠！」小川握著我的手臂跟我說。

「我們回去會讓老師擔心。」小娜語氣堅定地說。「我們回家吧，老師應該不想看到我們站在這裡等他。」

「小娜，那如果老師死了呢？」小川還在說。

「如果老師……」

「連老師都沒有辦法了，妳覺得我們可以嗎？小川！」我忍不住指責起小川。接著當我正要告訴大家回家去時，天空發出了轟隆轟隆的聲音。

「回家吧。」小娜說完就轉頭準備回去。這時小川甩開了我的手，她氣我指責她。其實我一點都不想那樣做，我是想回去幫忙老師的。

我們一起跑到校門口，這時開始下起雨來，我準備開門時，才發現門被鎖起來了。

「我們回去男生廁所那裡好不好？這裡沒有辦法爬出去。」因為打雷聲很大，小娜大聲地說。

「但是老師在那裡，走其他路吧！」我也大聲地說。

「去靠近學校前面通道的牆怎麼樣？」小娜告訴我們，然後就帶我們前往。我轉頭去看校門口的牆，由於身處黑暗中，所以看到的所有東西都是黑的。但突然間，我看到校門口上方有一個黑色的陰影。小娜帶著我們穿過四號大樓，跑到後面的女生廁所，那裡的牆是可以爬出去的。雖然有一點危險，但也沒有其他辦法了。

雨下得很大，打得樹上的枝葉晃來晃去的，風也越來越大。我不知道今天會有颱風來襲，現在旁邊的樹被吹得歪七扭八，幾乎要被折斷了；廁所旁洗手台上的鏡子也快被暴雨打下來了。

在牆的旁邊有一棵樹，小娜一隻腳踩著樹的枝幹，兩隻手扶著圍牆上緣，而我則是在下面嘗試要把她往上推。當她成功過去之後，就叫我幫忙小川過去。

我叫小川用和小娜相同的方式，而我一樣在下方幫忙推她。但因為雨水的緣故，她一直往下滑，不過最後總算成功地送她過去，這時就只剩下我一個人要爬過去了。她們兩個說，如果我掉下去，她們會接住我的。

「說得那麼好聽。」我開玩笑地說。接著我先爬到矮牆上，一隻腳先跨上去，當我要把另一隻腳也跨上去的時候，卻發現我的腳不能動！

「幫……幫忙我！」我叫。

「小珠，妳還好嗎？」兩個人一起問我，看起來很擔心。

「發生了什麼事？」

「我的腳……」我轉頭去看我的腳，接著慘叫出來。我的腳被很像手的雲給團團捆綁住，腳上的肉全部都變成綠色的，一動也不能動。

我本來要轉頭叫她們幫忙，但突然聽到洗手台鏡子被風吹動的聲音，我轉頭去看，從鏡子裡看到我自己、樹和樹後一個奇怪的陰影，而那個陰影只有半身。

那個陰影微微地搖動，就像是拍照時手搖動所拍出來的結果。而隨著鏡子的擺動，一下看不到任何東西，一下子又可以看到剛剛的情況。

「幫忙我！幫忙我！」

有另一隻手從另一邊伸過來抓住我的手。

「小珠！抓我的手！」小娜說。我緊緊抓住她的手，試著要讓自己上去外牆。但是我的腳依舊被捆綁住，所以當小娜試著拉我的時候，只有我的手腕被拉了過去。

「噢！放開我，放開！」小娜馬上放開我的手。我覺得更害怕了，如果她們沒有辦法幫我，那會怎麼樣呢？而且她們是沒有辦法再爬回來的，我到底會怎麼樣？

「小珠！我去找老師！」小川從另一邊叫。

「在那裡等！」

「趕快！」我叫。

我嘗試不管鏡子搖動的聲音，但我的腳現在已經麻了。雨還在下，我的身體都濕了，頭髮也掉了下來。這時小娜從另一邊摸摸我的手。

「小珠！加油！」她給了我鼓勵。

「小娜，我看到……」

「妳看到了什麼？」

我哭了出來，眼角的餘光還可以看到那個陰影，而那個陰影也正看著我，還是是我自己在亂想呢？

雖然我告訴自己是在亂想，但我還是覺得這是真的。

「小珠，妳只是抽筋而已！小川正去找老師，等一下就好了！」小娜叫。

我本來要告訴她，我快受不了那個鏡子搖動的聲音了，不過聲音卻沒有從喉嚨裡出來，我張開嘴巴嘗試要講話，但一點聲音也沒有。

「小珠，妳還好嗎？」

我起了雞皮疙瘩，渾身冷顫，感覺比被雨水淋濕還要冷。我整個人呆滯了，不是因為我的腳被捆綁了，而是現在我聽不到任何聲音，除了那片鏡子搖動所發出的聲音外。最後，我慢慢放下在外牆上的手。

「嘎吱！嘎吱！」

我無法控制自己，慢慢轉頭去看樹那裡。

沒有東西……

當我轉頭去看鏡子那邊時……

「啊！」

鬼附身

「碰！（身體和身體相撞的聲音）」

我張開嘴巴，但卻發不出聲音。眼前是一個穿著白色洋裝的女生，洋裝上面都是血點。它抓住我的脖子，露出輕蔑的笑，還帶著生氣的情緒，而它的眼睛看起來則很嚴肅。它比較像男生的靈魂存在於女生的身體裡，看起來很兇，而且現在似乎想要殺掉我。

我用雙手握著脖子，嘗試要掙脫它的控制，不過它的力氣比我還大。當它掐得越來越緊時，表情也越來越猙獰，像是上輩子就和我結下了仇怨。對了，我忘記了，在這棵樹旁邊的鬼是很兇猛的。

「不要……不要……」我拜託它。

它的眼睛越睜越大，一直看著我；嘴巴也越張越大，直到我可以看到它黑色的牙齦。

我看到它張開嘴巴想要大叫，但是卻沒有聲音，黏膩的口水就從牙齒的縫隙中流了下來。

我別過頭去，不想看到這個畫面。接著，它把我從牆上拉了下來，那個時候我渾身無力，身體癱軟，只能任它擺布。

「碰！」

「啊！」

「碰！碰！碰！」

它把我扔到牆上，這個時候我的前額很熱，像是有人把滾燙的鐵放在我的額頭上一樣。因為被用力地扔到牆上，我傷得很重，甚至可以聽到骨頭被嚴重擠壓碰撞的聲音。

「不要！不要！」

「小珠、小珠，妳怎麼了！」

現在不只是前額又痛又熱，幾乎全身都有這樣的感覺。雨依舊在下，除了雨水，我覺得還有其他東西從太陽穴兩側流了下來。現在我被它丟到牆邊，我吐水出來，還是……是血呢？

過了一下子，我的身體開始冷顫，原本來自痛的熱感，被吹來的冷風所取代。我幾乎沒有辦法回應什麼了……

世界越來越黑……

我睜開了眼睛，周圍都是白色的，只有看到前面有一個視窗，就像是電影導演拍片時所看到的那樣。

我看到坤庫老師在那個視窗裡面，然後從邊緣消失，接著眼前出現的是小川。她跑進來要找我，但是我聽不到她的聲音，接著她的影像越來越模糊。然後小川被推了出去，坤庫老師跑去扶住小川。老師轉頭看著我，現在他的眼神比平常看到的還要恐懼。

「老師，是我，我是小珠！」

雖然我說出了這些話，但我彷彿被壓進一個大娃娃中，沒有辦法控制自己的。另外一個感覺，則是像被關在卡車上面，車子自己在動，而我並沒有在操控它。

接著，我把老師推了出去，然後掐住小川的脖子。

「不要！不要！不要！」我告訴自己。但我沒辦法控制自己，那是我的手，但我卻沒有辦法控制。

我被鬼附身了嗎？

小川痛苦地在地板上滾來滾去，身體都濕了，她拿起了身旁的樹枝，朝我的耳朵打下去，但是好奇怪，我沒有什麼感覺，不過被附身的身體倒是動了一下。然後視窗裡的小川消失不見了，換成坤庫老師跑來推我，我跌倒在地板上。我看到老師的頭髮都濕了，他的眼神看起來很生氣，不像我之前看到的那麼溫柔。

「從它的身體出去！」老師叫。

老師用大大的手甩了我一巴掌，這時有聲音從我嘴裡發出來，但不是我的聲音，反而像是動物慘叫的聲音。過了一會兒，我的身體熱了起來。

我的身體不受控制地甩來甩去，突然間，我恢復到原來的樣子。

有冰冰的感覺，我躺在水上，而老師的身體則是壓在我上面，然後我突然咳嗽了好幾次。

「咳、咳、咳！」我摸著喉嚨，但還是咳不停，彷彿有貓毛卡在我的喉嚨。現在坤庫老師坐在我旁邊，而從外面大樓傳來的光線，讓我可以比較容易看清楚老師的臉。

老師溫柔的眼神回來了，讓我感覺比較安心。

「老師，其他人呢？」

老師沒有回答。小川跑過來抱著我，接著說：「妳幾乎快要殺掉我了小珠，還好妳已經安全了！」小川又笑又哭。

小娜從另外一邊的牆叫問：

「現在快要早上了，妳們什麼時候要出來？我不喜歡一個人在這裡等，知道嗎？」

儘管我已經鬆了一口氣，但是想到被鬼附身，我就覺得相當噁心，而這樣的感覺是無法說明清楚的，像是一方面想拉肚子，另一方面則是半夢半醒。

「老師，那希麗察呢？」小川轉頭問。

坤庫老師回答：「我找到它的身體了，不用擔心！」

故事28

埋在沙裡的屍體

我回到家，但身體還是濕的，不過還好媽媽不知道我偷偷跑出去。我趕緊洗完澡，換上睡衣，躺到床上去。當然，我也沒有忘記把客廳的佛牌擺在床上。

這樣總算可以安心一點了。

隔天早上，我拿了書包，就立刻往學校出發。因為小娜打電話告訴我，會有和尚到學校去，坤庫老師要把我們玩遊戲的那個亭子拆除。小川先到了學校，而我則是比較晚到，我們手牽手走過去看老師處理的情況。已經有一些老師和學生在那裡等候了。

亭子旁邊有一棵大樹，過去為了要固定這棵樹，有人把沙子覆蓋在這棵樹上面；後來則是鋪上了人行磚，方便行走。而現在坤庫老師和一位技術課的老師正把人行磚和沙子挖起來。

「老師要做什麼？」在人群中的一個學生問。

老師們挖得很深，直到我們可以看到這棵大樹的樹根。此時，我隱隱約約看到一個未浮現的東西，兩位老師就改用手去挖，然後突然拿出了一個人的頭骨。

那裡的學生和其他人紛紛發出了尖叫聲，我也因為嚇了一跳而摀住嘴巴。因為那是真的死人的頭骨，一般人都沒有看過。它很舊，而老師們試著要找其他的部分，卻找也找不到。最後，老師就請和尚來這裡誦經。

那個時候，我聽到站在那裡的老師說：「就是因為蓋在墳地上面，所以才會發生那麼多奇怪的事。」

我拉著小娜和小川的手，心想，希麗察為什麼要自殺。

這時學校裡的好幾個鬼魂都聚了過來，我看到了黑色的陰影，但是別人可能看不到。然後，希麗察出現在大樹下。現在它的臉很像普通人，看起來很生氣，它的身體則是慢慢腐爛。

它緩慢地靠近那個亭子，而我則是在亭子外面，和它面對面。

「咻！」它疾速奔向我，就像是被丟過來的矛一樣，但是在到達我面前之前就消失不見了。我們三個人呆在現場，而小川則是跌坐到地上。

「它……走了。」小娜說。

我點頭同意，另外也想確認它是真的走了，還是在這附近，只是我們看不到而已。

如我們所見，希麗察已經走了。

我們不知道老師把那枚玩遊戲的錢幣放在哪裡。但是沒有人想提到這件事，我們也沒有問老師。

兩個禮拜之後，某天我們三個人坐在雞蛋花下的椅子聊天，仍舊沒有人提起有關錢幣的事情。我們的恐懼感慢慢消失，像是跟著有人死亡而消失，跟著之前玩這個遊戲的六個學生、小邦、小露、督察、警察等一起消失。

他們死亡的新聞或許比不上中樂透的新聞，但是對我們來說很重要。督察和警察之所以會死，就只是因為我們玩這個奇怪的遊戲而已。

小娜拿出了那一張上面有著黑色汙點的紙，是我們從一本手工書中所找到的。而現在我們一直注意看著這張紙。

「今天下課之後，要去看看小露嗎？」小娜問我，這時她的目光離開了那張紙。

「好啊！我們順便跟她說，請她好好安息，這個遊戲已經完成了。」我呆呆地說。好奇怪，這個遊戲還沒有結束時，我感覺就像是在冒險；不過當我們回到正常的生活，沒有人要取我的命時，這個世界也是滿無聊的。

「有誰見到坤庫老師嗎？」小川問。我們都搖了搖頭，不過我突然想起來，我看過他一次，但那個時候他正忙著工作。我覺得我們和老師的關係慢慢地變淡。

「我想知道老師保存的那枚錢幣在哪裡，它不見了嗎？」

我問了這個問題，但是沒有人知道。我想說不定老師已經忘記這件事，然後拿去用了吧！

至少我現在也比較安心，畢竟這個遊戲已經結束了。雖然有一點無聊，不過結束了就好。期中考越來越靠近了，普通的生活是另一個大家必須要面對的事情。除非又再次遇到特別的情況。

我也想讓我的生活像電影一樣精采！

一百個鬼魂的遊戲

小珠甩了甩她那黑色的蓬髮，離開樹下的桌子。小娜也跟著小珠走出去，還牽著小川的手。小川是一個女孩，瘦瘦的，在這個團體裡面她是最怕鬼的。但是好奇怪，為什麼她還活著呢？

我是一個從事情開始到結束都看著的人，只有我知道事情的經過，但小珠她們都不知道。

我站在女生廁所外面，但是我的朋友已經走進去裡面了。我看著那張小珠她們剛剛離開的空桌子，而小娜拿出來的那張紙還放在桌子上。「找到鬼魂！」

這可能是我今天第一次笑出來，那個微笑似乎是滿意某些事情，是的，我滿意！

一會兒，就有一些國二的同學走過來，要坐在那張桌子旁，我往後退了一點，但是還是看著那張紙。

「這是什麼紙呢？」一個同學看到那張紙說道。他拿起來看，然後傳給另一個朋友看。

「嘿！是不是這張紙？聽說可以拿去玩遊戲。」另一個同學說。

「真的嗎？」

「這裡有血點耶！」

「瘋了！這是巧克力點吧！」

我站著看這些同學們討論。

「要玩嗎？」

「聽說玩這個遊戲，每個人都會死，不是嗎？」

「呃！對啊！高三學長他們也死了。」

「那不是意外嗎？不用相信吧！」

「我不知道這個遊戲怎麼玩。」

「那我們去問坤庫老師好嗎？」另一個同學同意。他們站了起來，走到社會科學大樓。

「嘿！回去吧！」我朋友叫我。當我們走回教室時，我看到那些同學興奮地跑去找坤庫老師，然後就笑了出來。

「現在妳的脾氣很好喔，早上還在鬧脾氣。」

「嗯！這裡有很多……」我說。

「很多什麼？」

我沒有回答她，只有在心裡回答：

「就是鬼魂啦！」

《百靈遊戲1》完

作者 凱佳

繪者 哈尼正太郎

百靈遊戲

ONE HUNDRED SOUL

2

2531年的那枚5元硬幣……

朱雀文化

《百靈遊戲 2》搶先看

前言

葬禮的誦經聲越來越響亮。星期天傍晚，天空看起來陰陰的，似乎快要下雨了，突然間，天空像是變了心，取而代之的是一望無際的蔚藍天空，與令人放鬆的氛圍，和生活步調匆促的曼谷人形成了明顯的對比。

但不知道為什麼，住在附近的居民感覺沒什麼生氣，而且對於誦經聲有著恐懼。夏天已經過去了，說不定是因為雨季來臨所帶來的壞天氣讓他們感到鬱悶。

還是，是因為有個小女孩過世了？

那裡的居民和小女孩並不熟稔。她躺在一具木棺材裡，準備送去火化。她的臉很蒼白，合十的雙手被白色棉線綑綁起來，雙手很冰冷，就像冰塊一樣。

天快黑了，火化場離這裡大約五十公尺，為了趕緊抵達，一行人加快腳步跟上前面的隊伍；他們看起來相當鬱悶。此時天空慢慢變黑，烏雲逐漸籠罩這個地方。

有個年約十二歲的小女孩穿著黑衣服，站在隊伍後面獨自哭泣，一邊用手擦著眼淚，一邊離開隊伍。看到自己姊姊的遺照，小女孩難過的情緒又湧了上來。

「趕快走，天快黑了。」一位在廟裡幫忙的小男孩對另一位小男孩說。他們抬著棺木快步走上前方的樓梯，準備前往火化場。

突然間，一隻黑貓從黑暗中跑了出來，跳上棺木，此時幫忙的兩位小男孩嚇了一跳，雙雙跌坐在地上，棺木也滾了下去。

小女孩的屍體從棺木中滾出來時，突然出現一聲巨大的雷響，接著下起大雨。僵硬的屍體滾到一棵芒果樹下方，參加喪禮的人一哄而散。

正哭泣的小女孩彎著腰，看著她的姊姊慢慢滾落地面。

僵硬的屍體停在腳邊，她可以清楚看到她姊姊雙眼緊閉的蒼白臉頰。小女孩雙手放在身體後面，發出啜泣聲，手緊握著。接著跪了下去，抱住她姊姊的身體。

除了臉上止不住的淚水，小女孩一語不發。

此時，那兩位小男孩趕緊抬起屍體，重新放回棺木內。而在棺蓋合起來前，小女孩趕緊跑了過去，向姊姊做最後的告別。

她把某樣東西放在她姊姊手上。

那是，硬幣。

希望所有的事都和這具屍體一起化作灰，然後消失。因為，這位被火化的女孩會讓之後的人步向死亡。

這一切都要從「一百個鬼魂」這個遊戲談起。

故事 希麗察的妹妹

一旦開始玩「一百個鬼魂」這個遊戲，必須在二十一天內找到一百個鬼魂，而且無論贏或輸，都會讓你的生命產生無法預期的變化。倘若輸了，沒有任何機會可以逃離這個遊戲；就算死了，依舊離不開這個遊戲的可怕漩渦。

一開始必須用錢幣作為媒介，請鬼魂參與遊戲，然後問這個不得善終的鬼魂十二個問題，但一定要特別小心，別讓錢幣跑到九號的格子上。

問到最後一個問題時，要說「找到鬼魂！」接著，錢幣會移動到九號的格子兩次。當錢幣停留在九號格子時，須將錢幣翻面，此時鬼魂就會現身。

到了第二十一天，必須看到一百個鬼魂，並再次進行這個過程，而且要用當初翻面過後的那一面玩。當鬼魂再次被請來時，要說出「成功了」。接著，錢幣會移動到「是」上，這樣才算是完成了這個遊戲，也才能真正脫離這個遊戲。

但是，如果無法贏得這個遊戲，失敗者的結局會如何？我想大家都猜到了吧！

準備好要玩這個遊戲了嗎？

我是小珠。

不知道希麗察的屍體後來怎麼了，應該會有人把它埋在其他地方吧……對我來說，所有事情都結束了，但對坤庫老師來說，事情尚未結束。

很多學生想知道事情的來龍去脈，像是為什麼要在那裡挖洞，或是為什麼那裡有亡者的屍骨。我想，只有老師可以給大家一個答案。

記得上個月的現在，小露還是我們的一份子。小露是我們的朋友，但因為我們愚蠢的行為，讓我們永遠失去了她，而且在那個時候，我們差點也步入死亡，還把坤庫老師牽連進來。

但是，現在已經結束了！

「小珠！」有人叫我，那是小娜的聲音。小娜和小露是很熟的朋友，比我和小露還要熟。

原本是很活潑的女孩，但當小露離開後，她就沒有從前那樣活潑開朗了……

……更多鬼魂故事請看《百靈遊戲 2》

Redbird07

百靈遊戲 1

一定要在 21 天內看見 100 個鬼魂

作者 凱佳(Kajao)
譯者 E・Q
繪者 哈尼正太郎
編輯 古貞汝
校對 連玉瑩
美術完稿 黃祺芸
企劃統籌 李橘
行銷企畫 林孟琦
總編輯 莫少閒
出版者 朱雀文化事業有限公司
地址 台北市基隆路二段 13-1 號 3 樓
電話 02-2345-3868
傳真 02-2345-3828
劃撥帳號 19234566 朱雀文化事業有限公司
e-mail redbook@ms26.hinet.net
網址 http://redbook.com.tw
總經銷 大和書報圖書股份有限公司(02)8990-2588
ISBN 978-986-6029-80-6
初版一刷 2015.02

定價 220 元
特價 149 元

國家圖書館出版品預行編目

百靈遊戲 1：一定要在 21 天內看見 100 個鬼魂 /
凱佳(Kajao)著；E・Q 翻譯
-- 初版 . -- 臺北市 : 朱雀文化，
2015.02
面 ; 公分 . -- (Redbird ; 07)
ISBN 978-986-6029-80-6(平裝)

868.257 104000080